7

Jul.

我与父辈

阎连科——著

江苏凤凰文艺出版社
JIANGSU PHOENIX LITERATURE AND ART PUBLISHING

终于就在某一瞬间里，

明白了父辈们在他们的一生里，

所有的辛劳和努力，

所有的不幸和温暖，

原来都是为了活着和活着中的

柴米与油盐、生老与病死。

目录

第三章 大伯一家

第四章 我的四叔

被我走丢了的家

有的人永远生活在村落、城巷和房子里；有的人永远生活在村落、城巷和房子外；还有些人，注定是一生都来回行走，徘徊在村落、城巷和房子的里边和外面。

20周岁时，我因为当兵离家而第一次坐上了火车，见到了电视机，听说了中国女排，吃到了无限量的肉馅包子和饺子，知道了小说有长篇、中篇、短篇的三分法，并在1978的军营里，抚摸、敬拜了中国的文学刊物《人民文学》和《解放军文艺》的墨香与庄重。并且还听说，北京那儿有家专门谈论文学的刊物叫《文艺报》。翻过这个承载了过多历史的年头后，我在师图书馆一本书的封面上，看到了金发碧眼的女人费雯·丽，愕然到被美带来的惊惧所慑获，站在那儿足有几分钟，木呆呆不知道那时候我的人生正被书籍重击着。我无法相信，原来外国人长得是这样。

不能理解世界上竟然还有和我们长相完全不一样的人。我把那印有《乱世佳人》中费雯·丽艳照的三卷小说带回到连队白棺材般的蚊帐里，用三个晚上看完了玛格丽特·米切尔上、中、下三卷本的《飘》，模糊恍惚间，明白了之前我对阅读和故事的理解是多么偏颇和错谬——我一直以为全世界的小说都和我读过的红色经典、革命故事样，可情况却完全不是那样儿。于是我开始阅读托尔斯泰、巴尔扎克和司汤达。冉阿·让只要从《悲惨世界》的文字中走出来，我的手上就会出汗、不安和惊恐。为了抵抗阅读带来的躁动和惊惧，我需要不断地合上书页，自己把自己双手的关节捏得啪啦啪啦响。

读《包法利夫人》时，我不知道为什么在严寒的冬天会半夜从床上爬起来，独自在军营的操场上，莫名地跑了一圈后，才又回去爬到床上接着将书一字一字地吞到肚里去。

是美国的作家米切尔，把我带进了另外一个世界里。她就像穿着随意、有些俗艳的使女牵着我的手，将我领进了神圣、庄重的教堂样。这让我时时都记住那个深冬的寒夜间，天空皓白，村里酷冷，我家门外的流水声和水流渐次成为岸冰的冻结声，刺骨地响在我的耳边和村落上空的静寂里。那时候，1978 年底，我要当兵了，必须在晨早鸡叫三遍后，到公社的大院坐上汽车至县城武装部的大院去集合。于是间，我一夜未眠，盯着窗外的冷月和宁静，直至听到村街上有了谁人的脚步声，才慌忙起床去站到父亲的床前边，望着他多病、瘦黄的枯脸说：

“爹——我走了……”

而这时，父亲和我一样，一夜没睡觉，他从被窝伸出他黄枯如柴的手，把我的手捏在他手里，喘喘嘘嘘嘱托道：

“走吧你……走了就努力出息些！”

这是我20周岁要离开家乡时，父亲对我说的最为平常、深重的一句话。这句话的分量、力量如山脉托举着我的灰暗和未来，让我青春的茫然仿佛走不出的荒野般，直到米切尔把我带往那些神圣的文学著作前，并帮我将一扇完全不一样的大门推开一条露着光的缝。

我开始了真正意义的阅读和写作，并试着投稿和发表。1979年发表的今已丢失的第一个短篇，8元的稿酬，如今天的80万元样让人激动和兴奋。用2元买了糖和香烟送给连长、排长和战友们，另外6元钱，和三个月的津贴攒凑在一起，终于够了20元，赶急寄回家里让父亲买药吃。及至后来几年在身为士兵的年月里，每年都有一二短篇发表，挣来的稿费从十几元涨到几十元，我都一一从邮局寄回到坐落在河南嵩县的田湖村，再由母亲或姐姐替父亲把钱送到镇上的药铺和医院里，直到我因为写作而提干，因为写作而结婚，并隐隐觉得自己有一天兴许会成为作家时，父亲觉得我真的出息了，有业有家了，他可以撒手人寰了。就在我刚结婚不久的日子里，用电报把我和妻子召回去，然后他就又是留恋又是毅然地和我及家人诀别了。

那时候，1984 年冬，我和妻子火车、汽车的在一个午时赶回家，那个乡村的院落已经挤满了人，姐姐、哥哥、邻居、医生都在屋里、院里茫然地站着、蹲着或者低语着，待我快步地踏进了那个院落时，几乎所有人的脸上都哀慌慌地松了一口气，同时从嘴里低声吐出了三个字："回来了……"不知是问我还是自语着，然后闪开一条道，让我急急地到了父亲床前去。那一刻，屋里灯光昏暗，父亲的脸色和那昏暗混在一融里。我快步切急地冲到父亲床前边，慌慌忙忙叫了一声"爹……"，而父亲，那时依然躺在他十几年都躺着的那个床边上，看着我脸上露出热切惨淡的笑，用几乎难以让人听到的声音对我说：

"回来了……吃饭去吧……"

这是父亲一生对我说的最后一句话。就在这句话后不到一个时辰的时间里，父亲就在我的怀里去世了，力尽了他辛劳、凡俗的一生，宛若一枚叶子落下时，如何用力和挣扎，那落叶的生成和旋转，都没有和别的落叶形成区别样。

然在我，却数十年里无法忘记当兵走时父亲对我说的那句——“走了你就努力出息些”，和在六年后，父亲在他人生尾末我又站在他的床前时，他用他平生最后的力气对我和这个世界说的最后一句话：“回来了……吃饭去吧……”——这样两句话，是中国百姓任何人都最常说的两句话，平常到如将汗熟的衣服脱下或者穿上样，值不得思深的考量和纠缠。可是我，却总也忘不掉这样两句话。就是到今天父亲死去的34年后，这两句话也还楔子一样楔在我头脑里。我总是把这两句话联系起来想，将前一句话理解为父亲让我出去到世界上闯荡和奋斗，将后一句话理解为闯荡累了就回家吃饭、歇息和补养。如同相信一间房子最后会繁衍成为一片村庄般，我相信树会结果子，果子会腐烂、死亡或者生成新果树。这个一切都是那个一切的重复和重演。无论是你一生都守在一块土地上，还是你必须离开土地闯到哪儿去，命定的事情是不能抗违的。我们所能改变的，都是在命定范围内，一如一切的成败都必须在生死轮回中。

我从不去想超越命运的事。接受命运是我唯一应对世界的方法和主张。父亲让我“走了就努力出息些”，我就为这个“出息”开始勤奋和努力。米切尔把另外一个世界给我了，我就在那另外一个世界里思摸和触碰、写作和读书、挣稿费和立事业，然后累了就回到那个村落和土地上，同母亲、哥哥、姐姐们说说话，为邻居、村人们做些力所能及的事，然后息缓过来了，就从那个村落再往远处走，到累了再回那个村里、家里歇几天。我相信，徘徊在村落和远途的来回间，是上天给我安排好的行程和反复，如同公共汽车总是在一条线路上往复一模样。

我知道我被世俗和命定所束缚，但我从没有能力一味地对抗命运和命定。

我知道我一生的努力中，都伴随着狭隘、奴性和无力，可也很少回家歇息后，因为懒惰就不再出门去远行，哪怕一生都如公共汽车往复在别人安排好的路线上。

1985 年，我的儿子出生了，母亲从乡村家里到古城开封为我带孩子。刚好那年我的第一个中篇发表在今已亡故的《昆仑》杂志上，不到 4 万字，有着近 800 元的巨额大稿酬。为这 800 元，我们全家喜得如又超生了一个孩子般。为庆贺这稿酬，一家人走进餐馆狠狠吃了一顿饭 ，还又买了一个 18 寸的电视机。自 1979 年发表第一个短篇起，到 1985 年发表第一个中篇止，六年的努力和辛劳，我们家都知道其中的苦甘和酸辛。而母亲，则拿着那厚厚的一本杂志并翻着属于我的二十来页的铅字说：“就写这么一点就挣 800 块钱啊，这比农民种地强多了——这样看，你可以一辈子就把这事做下去！”

我也觉得这确实比农民种地强得多，不需风雨，有名有利，异常值得一辈子矢志不渝地做下去，且父亲让我走了就努力出息些，母亲又让我终生写下去，我哪有停止读书和写作的理由呢。那么也就接着读、接着写。在后来中国文学的黄金岁月里，由我编剧的正能量的连续剧，连续三年都播在中央一套的黄金时间段，那稿费比小说来得快得多，也还多得多，于是每月我都给母亲寄去她认为每天吃顿肉也花不完的钱，过着每年春节镇长乃至县长和县委书记都会到家里拜年的风光好日子，使得我们整个村的人，都以为我离开村庄真的出息了，有了名声了，连县长都到我家坐坐并请我吃饭了。这样儿，如一间房子不仅变成了一个村，而且转眼又成了一座城市般，那些年月我家的精神和风光，真是酷冬过后的春日了，连房檐和树枝上麻雀的叫声都和人家不一样。可事情到了 1994 年，我还如往日一样写作着，却因为一部中篇的麻烦和纠缠，我在部队写了半年检讨书，加之常年之写作，日日枯坐，夜夜握笔，最后闹到腰病、颈椎病同时迸发，每天只能躺在病床上，连吃饭也得要人端着送到手里边。这期间，母亲、哥哥、姐姐都从家里赶到部队去看我，见我不能走坐，还躺在一家残联工厂为我特制的活动架子下，身子敞开，头面朝天，悬着胳膊在半空的活动板上写作时，母亲便又厉声对我说："你为写作疯了吗？要把一个好人写成坏人、残人吗？"哥哥则看着那躺椅和架板评论道："何苦呢……好好活着比你要写东西重要得多！"而我的姐姐们，则都说了一模一样的话："我们的日子过得很好了，你用不着这样躺着还天天写那让人不喜欢的东西呀。”

然后是一家人的沉默和无言，一家人劝我要么不要写，要么实在想写了，就写人家喜欢的——比如还写中央台播的电视连续剧。今天回忆那时他们说的话，我理解那不仅是他们说的话，而是一个村落和一片土地的声音和灵悟，是我命运走向岔道后，扳道工的体悟和纠正。而那时，我不能理解来自土地的声音和精神，只是为了让他们放心回家去，就连连地点着头，如写作检讨般地认真和虔诚，直到他们都离开回到了只属于他们的土地上，我又开始躺在残联为我特制的椅架下，继续写作《日光流年》那本书。直到《日光流年》后，写了《年月日》《坚硬如水》和《受活》；并因为写了《受活》而转业；因为转业又放松警惕写了另外两本更令人恼火的小说后，我们县的一个领导在那年春节时，通过电话对我很正式地宣布说：

“我说连科呀，现在我对你说句实话吧——你其实是我们县最不受欢迎的人！”

听了这句话，我轰隆一下顿悟到，我和那块土地的关系发生了怎样的变化和变故，就像一头耕牛在不知不觉间，脱缰重重踩在了每天侍奉它的把式身上样，因此他们已经觉得我不是那块土地的儿子了。

他们认为那块土地上的儿子不该是我这样子。

当我得知我是那块土地上最不受欢迎的人，我有三天都待在家里没出门。我不觉得这是一句可笑的话，也不觉得是一个人的酒后之乱言。它是那块土地上的正强音，是那块土地的态度和立场。这个时候我开始思忖我的写作和我与那块土地之关系。我发现那块土地完全可以没有我，而我却不能没有那块土地和村落。没有我，那块土地依然会遵循着它已有的秩序和轨迹，日出日落，岁月人生，千年之前是什么样，千年之后还是什么样。而我若没有那土地，我就不再是我了；没有那村落，我就什么也不是了。我思忖，我可能是从那块土地上出来走得过远并忘了土地颜色的人。我在那块土地吃了、喝了并带走许多食物和用品，可以在很长时间里不回头地朝前走，这样我就走得过远了，差一点忘了自己家在哪儿了；忘了我出生在哪儿、成长在哪儿了；远行得连那块土地上的亲人都不以为我和那块土地有着牵连和割不断的扯拽了。

我需要重新回到那块土地上。

真的是那块土地可以没有我，但我不能没有那土地。如此在那之后的几年里，我不断地回家、回家、再回家，把写作《我与父辈》和别的，当成一种赎罪和忏悔，让自己所有的情感都重新归位到那块土地上，回到父母、叔伯、邻人和那儿的树木、黄土上，直到自己觉得自己又是那块土地的儿子了，觉得应该没人会把我从那块土地上再次甩开抛离了，才觉得我可以如父亲说的那样重新上路远行了，可以为某种写作的理愿继续努力了。然在我要继续写作时，我才发现我的思维已经成为碎石铺就的铁轨般，换道和更向，几乎已经成为不可能的事。母亲说的一生可以做的事，我只能要么不去做，要做了只能那样做。这时候的问题不仅是我写了什么或者没有写什么，更直接的问题是，在写作期间我遇到了千家万户也都遇到的事——新买的房子要让位给一条新修的路，新写的书寄往所有的出版社和杂志社，回话都是一声“对不起”，加之那两年，2011 年和 2012 年，腰病重到三天两头跑医院，颈椎只要举头就需要一个医疗颈托把脖子硬生生地撑起来。人真是灰到乌云凝固一模样，生活和生命，最得体和恰切的说辞是，不死也不活。

真的累极了。

时常会想到死。

想到死了家人的一片哭声和家人外可能有的暗笑和窃喜，也就觉得还是坚决、坚决地活着好。然后就遵着父亲临终前的言外之嘱托，在 2012 年春节回到家里过年去，准备着任凭家人和那块土地的奚落、批评和谩骂。然而那一年，一家人的春节却过得意外地平静和温馨。去走亲戚时，越过河水的流淌声，如我少年时在田野狂唱的歌声一模样；和母亲、哥嫂、姐姐们，一同看着《还珠格格》连续剧，吃着春节的饺子和炒菜，直到过了大年初五离开家，那块土地和家人，都没有对我和写作说出一句品评的话。然终于年是过去了，该再次离家走去了，到这时哥哥才温和地带着一种苦笑哀求一般说："回去你可以写点别的东西嘛！你可以写点别的东西嘛！"到我开车走上要回北京的高速公路口，去送我的外甥才替他外婆喃喃道："舅——我外婆让我替她交代你，说人不写东西也可以过日子，你没必要吊死在写作这棵老树上……"

我真的是要吊死在写作这棵老树上。

我知道我背离着父母、哥嫂、姐姐和村人们的初愿走得太久、太远了，就像少年出逃的一个野孩子，虽在梦中经常回到生他养他的家和村落里，可他到了年过半百、岁至花甲，因为精疲力竭要返回故里补给和养老时，他找不到他的家在哪儿了，找不到生他养他的村庄和土地到底在哪儿了。不是家和土地丢弃了他，是因为他走得过久、过远弄丢了家。这一如一个年少洗礼而为信徒的人，因为一直外出没有碰到教堂或清真寺，也很少踏步庙宇和道观，虽心里总是有神并日日时时敬着神，可岁月让他忘了庙或教堂是什么样，回家时他心里有神也认不出教堂和庙的那种建筑了。

不是教堂把信徒弃绝了，而是信徒把教堂弄丢了。

谈论故乡是很轻淡的一件事，哪怕可以说出有家不能回的故乡才是故乡。我有家。我家所在的故乡从来没有弃绝我，每次回去几乎所有的人都一脸粲然迎着我，甚或它们都以我为骄傲。可是我，从来不愿，也不敢让他们知道我用笔在每天做什么。我是那块土地的逆子和奸细。他们之所以在我每次回去时都还对我笑，是因为他们不知道我是那块土地的出卖者。

我听说，抗日战争时，在东北的一个村屯里，有一个汉奸靠出卖亲人美极地活着并过着好日子。据说他每次以生意和赶集的名义，到城里给日人递送情报后，回来都带回许多当时难买的小件商品分给村人、邻人们。村人、邻人们，也都把这汉奸当成村屯和东北土地上最好、最善良的人，直到抗日战争胜利他被枪毙后，土地和村屯里的人，都还不相信他是一个奸人、逆子和出卖黑土地的人。

我常想，在我的故乡、土地、亲人里，我是不是也是那个靠出卖土地而获取了名利并把日子过得不错的人？以至于自己把家和土地都卖尽、弄丢了，那块土地和家，总还敞开着大门等我回家去。这仿佛一辆出门去接了儿子回家的车，车都被那个儿子卖掉了，那开车的人还在四处寻找着他要接回家的人。实在地说，我每年都回家。每年回家很多次。我回家，我所有亲人、邻人、村人都知道我回了家，可只有我自己知道我没有真正如早年一样回到家。我人是回到了那块土地上，但我的魂灵却隐隐远远飘在那隅村落的田野和上空。我不愿让村人、邻人知道我在外面都说了什么话、做了什么事、写了什么书，就像那个东北屯村的贼奸不愿让人知道他在城里说了什么话、做了什么事。所以说，这些年我回家面对母亲、兄嫂和所有的亲人，不仅总是温顺和沉默，且多还面带微笑而沉默，总是不断地为了点头而点头。无论别人说什么，我都装出一副虔诚聆听的样。然而我知道，我和那块土地已经隔着一堵被我竖起，并只有我能看见的墙。这堵隐墙的存在不是他们的错，是我成了他们的逆子、贼盗和奸细，也才有了这面极为堵人、堵心的墙。我总是在执拗地做着不该做的事。在一条逆行的路道上，我走得偏远或过远，以至于我再也没有能力真正返回到那个村落和土地上；且我也知道我的家人、村落还都必须生活、生存在那块万年不变、永恒如初的土地上，而我又可能还要在已经过远、太远的路上继续走下去。

世界是不变的，物事也是不变的。在我以为世界和物事都是永恒不变时，世界和物事其实也在悄然变化着。就在不久前，今年上半年，我又为了歇息、补养回到了父亲说的“回来了……吃饭去吧”的那个村落和那个家，一家人吃了晚饭都在闷热中，因为沉默像霾黑一样压在屋子里，父亲的遗像又总在桌上盯着我们看，于是母亲、哥嫂和姐姐们就都始终不说话，都低头看着眼前的脚地和每个人的鞋尖儿。就这时，时间也许仅仅过了几秒、几十秒，也许转瞬就过了一年、二年、上百年，为了争取从这时间的束缚中间挣出来，哥哥首先开口说了话。

哥哥问我道："连科，你今年都已六十岁了吧？"

我惊了一下笑笑说："从当兵离家算起来，我已走了四十年。"

然后大家就都惊着了。

没人敢相信我已经远行外出了四十年，如同我自己也不敢相信我已花甲六十岁。大家都被这"四十"和"六十"击中了，仿佛被突如其来的棍子击中了头颅又不敢相信这突来的袭击和灾难，可从岁月的裂隙流出来的血，又在说明、证明着这一切，到终于再用一段沉默来认同了岁月和时间后，哥哥又如父亲一样用嘱托的语气对我说：

"你都六十了，读了不少书，以后你在外面想做啥儿你就做些啥儿吧。"母亲说，"我已经八十五岁了，你在外面写啥儿都行，只要注意身体，只要每年都回来看看我和这个家。"

然后……然后呢，我忽然一身轻松，又无言语，仿佛真正久别的人重逢一定无言样。仿佛一个教堂的建筑认出了行远归来的信徒后，用一砖一瓦、一木一檩和墙上的一物与一画，把它的儿女拥抱在怀里，且不让他们的儿女走进忏室去，只让他坐在教堂中央的位置上，歇息、平静、思考和呢喃，并且对那信徒说，如果你要继续朝外走，想要走更远，那这教堂愿意起脚永远跟在你后边，这样你就不用担心你把教堂给走丢了；这样无论你去哪儿，走多远，你家和你家的土地就永远都在你的脚下和脚后边。

2018 年 10 月 5 日于北京

自 序

2007年的10月1日里，这个国家大忙着普天同庆，欢乐像泛滥的水灾淹没着城大镇小时，我一连接了几个电话，催我尽力快急地奔回我的老家去，说我六十九岁的四叔不在了，一猛间离开人世了。到这时，在我匆忙着从北京赶往河南嵩县奔丧那一刻，我荒冷地意识到，在我父亲这一辈，他们亲弟兄三个，叔伯弟兄是四个，除了我的一个堂叔还健在，父亲他们亲的弟兄三个人，终是都丢下这世界，丢下我们这些晚辈们，不管不顾地离开人间这尘世，到另外一个界地去求着清净了。

至来日的深夜里，我跪在一架白色的灵棚内，守着四叔和棺材，外面月明星稀，风微树平，整个村落似乎因为我四叔的不在也都止了呼吸样。就在这极度的宁静里，没有睡着的一个妹妹去我四叔面前换了将燃尽的香，回来到我面前有些难为情地说："连科哥，你写了那么多的书，为什么不写写我们家里的事情呢？"

说："现在父辈都已不在了，你就写写他们弟兄三个嘛。"

说："也写写你自己——你的小时候。"

那当儿，我没有立刻回答妹妹的话。可我隐隐虚虚感觉到，似乎我的写作是一件与他们无关的事。是与这隅世界无关紧要的。也就这一刻，我对我的写作感到了歉疚和不安，感到了不悟和无奈，觉得我必须为他们——我的父辈和我老家的兄弟姐妹、侄男甥女们——写些什么了，哪怕一点点——写得并不好，可却只要是他们关心的。我萦萦思索，日想夜问，开始去追究我父辈们的人生和命运，去追究我的少年和童年，去查找那段岁月中的痕迹和落尘。终于的就在某一瞬间里，明白了父辈们在他们的一生里，所有的辛劳和努力，所有的不幸和温暖，原来都是为了活着和活着中的柴米与油盐、生老与病死；都是为了柴米油盐中的甘甘苦苦与生老病死中的挣扎和苦痛。这样儿，我便一路忖忖地想下去，决定了单就写写他们的柴米油盐去。写写他们的生老病死去。因为他们草木一生在这个世间里，本就是为了柴米油盐的。为了生老病死的。那就写写柴米油盐的人生吧。仔细地琢磨和思忖，他们那时活在世界上是为了柴米和油盐，而今活在那块土地上的人，又有谁不是为了这些呢？谁能逃脱柴米油盐和生老病死的命运呢？柴米与油盐、生老与病死，这才是我们许多人在这个世界上的来之缘由，去之本根哦。

舍此，我们还能逃避和躲开什么呢？

第一章

我的那年代

小 学

年代存在，是因着记忆。有的年代过去了，有刀凿之痕；有的年代，平淡无奇，如飘浮流云，风来雨去，了无迹痕，只留一些味道在其中。

宛若我不知道我的出生年月样，也不知道我是何年何月开始读的书。家在中原的一个偏穷村落里，父母计时，一般都依着农历序法，偶然说到年月公元，村人们也都要愣怔半晌。在中国的乡村，时间如同从日历上撕下的废纸。之所以有着时间，是因着某些事件。事件是年代的标记，如同老人脸上的皱褶标刻的岁月。

之所以有着那一年的存在，是缘于那年我与二姐一道到村头庙里读书。

那一年，由一升二的考试，我的语文是六十一分，算术六十二分。六十分及格升级，这个分数，便如一蹴而就的力气，幸运地把我推过了升级的门槛。可这个分数，也让我感到稍嫌羞涩和不安，感到难以面对父母和村人。我隐隐有些明白，我的分数偏低，是因了同班二姐的分数有些靠高了。她的语文和算术，都在八十几分间。你试想，倘是她的分数比我的还要低，我的分数也就自然会显山露水，突出着高的端倪了。

事实正是这理儿，没有姐的高分，自是不显弟的低分。

我开始嫉恨二姐着。

开始到父母面前，仰仗兄弟姐妹的排行，以我的最小之势，说些二姐的坏话。开始把她的东西藏将起来，让她以为丢了，四处翻天找地，踪迹了无。直到父母急得骂她，她也开始哭泣，我再做出替她着急的样儿，从哪儿把那东西猛地找将出来了。

二年级的开学前，是个寒冬天。正月，过了十五。她的书包丢了，找得大汗淋漓，母亲差一点儿就要打她，我便从她的床头费尽心机又轻而易举地替她找了出来。望着那书包，二姐开始怀疑我，可又确无证据，最后我们姐弟经过相争相吵，她只好给了我一毛钱，作为一种无奈的谢意。

我用那一毛钱，上街买了一个烧饼。直到今天回味那烧饼的味道，它还依然香味弥漫，美得让我无以言说。

然而烧饼虽香，可终于还是要去读书。我担心二年级时，仍与二姐同班，那会给我的学习带来莫名的压力。为此，开学那日，我迟迟地不往学校迈步。在学校外边磨蹭得天长地久，如一个害怕对方而不敢登台的懦弱的拳手，磨蹭在拳台下边等候着意外和侥幸的发生。

也就果然。

那天上午，日光明明丽丽，照着冬后的残雪，如同一面镜子映照出一世界的明光。老师和学生们，扫了校园的积雪，走进教室许久，到上课的铃声响得有些烦泼不安时，我才迟迟地走到教室门口。恰在这时，有个亭亭玉立的女老师，人苗条细腻，满身都是让人着迷的某种气息。她过来问了我的姓名，把我带到了另外一个教室的门口，说我被调到了她的班里。说把我和二姐分开读书，是为了便于我们姐弟在学习上越发努力，有可能就更上一层楼去。

那时候，我不知道感谢上帝，不明白命运与人生，原是多么需要偶然与幸运。只是感到女老师能洞穿人心，明细温柔，宛若风光对季节的问候。那时候，我于学校和教育的感恩之情，油然而生到似乎有假，如同温煦的光亮在一个孩子心里天宽地阔，透明而清净。似乎，我一生命运中的幸运，都从那天开始；不幸，也都在那个年代里埋下。

今天拉开那个年代的戏幕，呈现的第一场次，就是那天的一个场景。

老师把我领进教室，让我坐在第一排的最中，而我的同桌，奇迹般的不是一个男的，也不是一个乡村姑娘。她穿着整洁，皮肤嫩白，人胖得完全如了一个洋娃娃。单是这些，也就了然去了。而更为重要的，是在我坐下之后，她用铅笔在课桌的中间，为我俩画下了一条性别的楚河汉界，用城里人自然奶甜般的细音告诉我说，彼此谁都不能越过，写作业时，谁的胳膊，也无权触碰谁的胳膊。

这是60年代中期。就像70年代必须由60年代起源一样，似乎我的觉醒，比如自尊，比如对男女与城乡的理解，还有对革命的一些敬畏，也大都始于此时。那一学期，学习上没有二姐的压力，可有了另其所外的让我更为窒息的压力与心跳。她姓张。那个胖胖的城里女孩，似乎是父母与革命有些什么联系，工作从都市洛阳，调到了我们村街上的一个商业批发部门。因此，她成为我命运中的第一个偶然、一个幸运、一段至今令我无法忘记的启迪与感激。

她学习很好，每周测验考试，都是九十几分，这不仅证明着她和我学习上的差距，也还证明着一种久远的存在，即与史而存的城乡差别；证明着她在课桌上画的那条中轴铅线，不仅合法，而且合理；不仅合理，而且深意蕴涵。我不知道我是否是为了她开始了用功学习，还是为了一个乡下男孩的自尊和城乡之间留给乡村的那点儿可怜的尊严，而在学习上开始了一种暗自、暗自的努力。我们的老师，她漂亮，高瘦，稍有肌黄。而且，越来越黄。同学们都说她有肝炎，并且还会传染。说只要和她距离稍近一些，只要你把她呼出的气息吸进自己肚里去，那病也就生生一定地传染于你了。同学们还曾盛说，屡次看见她在屋里熬了中药，还吃了白色的药片什么的。

教室里分坐在第一排的同学们，在她上课时，常有躲着她坐到后排的。可是我却不。我喜欢坐在最前排，坐在她的鼻子下，抬头看着她那泛黄，却仍然漂亮的瓜式脸蛋，听她讲语文、道算术，说她在城里师范读书时的一些新新和鲜鲜。喜欢不越楚河汉界，不说一句话儿，坐在洋娃娃的身边。为了暗赶那洋娃娃的学习，缩短我和她的——城乡差距，我不仅整日端坐在有病的老师面前，还敢拿着作业，到老师屋里面对面地问些问题。

我也看见了老师吃药。确实是白色的西药片。

老师问我，你不怕传染？

我摇摇头。

老师笑着拿手在我头上摸了很久。许多年后看印度电影《流浪者》时，有位勇敢的少年，因为勇敢，被漂亮的女主人翁突然吻了一下脸蛋。女主人翁翩翩跹跹地步走之后，那少年回味无穷地在摸着被人家吻过的脸蛋的那一细节，总是让我想到我处在的那个年代被漂亮的女老师摩顶的那一感觉。正是这一摩顶，让我的学习好将起来。在期中考试时，洋娃娃似的女同桌，语文、算术平均九十四分，全班第一；而我，均为九十三分，名列第二。

这个分数，高于二姐。相比我的同桌，只还有一分之差。

仅就一分之差。

原来，学习并非一件难事。我感到和她的这一分之差，是如此之近，仿佛仅有一层窗纸的距离。我以为，在学习上超越于她，成为班里第一或年级第一，其实如同抬头向东，指日可待。说句实落话，那一年的暑假，我过得索然寡味，毫无意义，似乎度日如年，盼望开学坐在女老师的身边，认真听她授课说事，是那样的急迫要紧。盼望着一场新的考试，就像等待着一场如意的婚姻。

可是，到了终于开学那天，我的女性老师，却已经不再是我的老师了。

她被调走了。

听说是嫁了人。嫁到了城里去。好像丈夫还是县里赫赫的干部。好在，女同学还在，还是我的同桌。开学时，她还偷偷送给我一个红皮笔记本。那本子是那个年代我的一次珍藏和记忆，是我对那个时代和城乡沟壑认识过早的一个开始和练习，还是我决心在下次考试之时，希望超越于她的一份明确和期盼。我依依然然地努力学习，依依然然地按时完成作业，依依然然着，我的幼稚和纯净。但凡新任班主任交代的，我都会加倍地用功与努力，但凡对学习有所进助的，我都是不滞与不懈。连那时语文课中追增的学习毛主席语录的附加课，老师要求同学们读一读，我都会努力背一背；老师要求同学们背一背，我会背写三遍或五遍。

新的老师，男性，中年，质朴，乡村人。把他和我那嫁人的老师相比较，除了性别，还有一样不同的，就是他要求学生学习，决不相仿女老师，总是要进行测验和考试。而我在那时等待着考试，就像弓在起跑线上等待起跑的一个运动员，已经伏了身子，曲下双腿，只等那一声发令的枪响，就可像箭样射出去追赶我的对手了，去争取属于我的第一了。我的对手，不是我的二姐，不是班级他人，而是我的同桌女孩。她浑圆，洋气，洁净，嫩白，说话时甜声细语，准准确确，没有我们乡下孩子的满口方言，拖泥带水，也没有我们乡下孩子在穿戴上的邋邋遢遢、破破烂烂。她的满口，都是整齐细润的白牙，整日的浑身，都是穿着干干净净、洋洋气气、似乎是城里人才能穿戴的衣衣饰饰。

和她，我们彼此只还有一分之差。

仅就一分之差。

为这一分的超越，我用了整整一个学期的努力。

终于到了期末。

终于又将考试。

终于，老师宣布说，明天考试，请同学们带好钢笔，打好墨水，晚上好好睡觉。

我一夜未眠。想着明天就要考试，如同我要在明天金榜题名一般。兴奋如了那时我不曾有过的朦胧爱情，完完整整地伴我一夜，直至来日到校。教室外面的日光，一团一圆，从窗外漏落入教室以内，张致澈丽，使教室里的明亮，如同阳光下的湖水。高大庙堂里木梁上的菩萨神画，醒目地附在屋顶和墙壁的上空。老师在讲台上看着我们。我扭头看了一眼同桌，从她的眼神，我看到她有些紧张，看到了她对我超越于她的一种担心和拼比。

没有办法，这是一种城乡的沟坎，除了跳越，我没有别的选择。

我把钢笔放在了桌上。

把预备的草稿纸，也规规整整地放在了课桌的左上角。

确凿地，等待着那个跳越，我就像等着下令枪响后的一次奔跑。

终于，老师来了。

终于，却是徐徐地进了教室。他款步站在土坯垒砌的那个讲台上，庄严地看了同学们，看了讲台下那一片紧张与兴奋的目光，嘴上淡淡地笑一笑，说今年考试，不再进行试卷做题了。说，毛主席教导我们："我们的教育方针，应该使受教育者在德育、智育、体育几个方面都得到发展，成为有社会主义觉悟的有文化的劳动者。"说，为了让大家都成为有社会主义觉悟的有文化的劳动者，我们不再进行试卷考试。说，我们今年考试的办法，就是每个同学都到台上来，背几条毛主席语录，凡能背下五条者，就可以由二年级升至三年级。

老师话毕后，同学们集体怔了一下。

随之间，掌声雷动了。

然我没鼓掌，只是久远不解地望着老师，也瞟了一下我的同桌。她也在随着同学们鼓掌，可看我没鼓后，也就中途猛然息去了她的鼓掌声。

自那之后，我们的升级都是背诵《毛主席语录》。这让我对她——那个来自城里的女孩，再也没了超越的机缘，哪怕只还有一分之差。那年代中的一些事情，虽然微小，却是那年代中怪异浓烈的一股气味，永永远远地铸成坚硬的遗憾，在我的人生中弥弥漫漫，根深而蒂固。在那个年代读书，二升三时，只需要背诵五条毛主席的语录；三升四时，大约是需要背诵十条或是十五条。其间为了革命和全国的停课闹革命，还有两年没升级。没有升级，也依然上学，学习语文，演习算术，背诵《毛主席语录》《毛主席诗词》，和那老的三篇：《为人民服务》《纪念白求恩》与《愚公移山》。今天间，回味那个年代，其实我满心都充盈着某种快乐和某种幸福的心酸。因为没有学习的压力，没有沉重的书包，没有必须要写的作业，也没有父母为儿女升学的愁忧。伴随我童年的，除了玻璃弹子、最高指示和看着街上大人们的游行，还有亲自跟着学校的队伍到村街上庆贺毛主席最新指示的发表，这都是一些快乐的事情——就是到了今日与现时，这些欢乐也意味无穷着。然而剩下的，是永不间断的饥饿和寂寞，下田割草和喂猪与放牛。这让我感到了乡村的无趣和疲惫，土地的单调及乏味，仿佛葛藤草蔓般缠在我身上。好在着，岁月中夹缠的却久远的幸运，就是直到我小学毕业，那些住在乡村的几个“市民”户口的漂亮女孩，她们总是与我同班。她们的存在，时时提醒着我的一种自卑和城镇与乡村必然存在的贫富贵贱；让我想着那种与生俱来的城乡差别，其实正是一种我永远想要逃离土地的开始和永远无法超越的那一分的人生差距。

《红楼梦》

终于的，进入了20世纪70年代。

我和许多同学一道，以通背规定的《毛主席语录》《毛主席诗词》和老的“三篇”之优异成绩，顺顺利利地升了中学。很快，在我的中学时代，革命形势在沸腾的安静中有了慷慨的变化。并不知道，这一年初中的升级考试，不再是以背诵毛主席的文章、诗词为考试的评判模式，与大人物邓小平的恢复工作有着直接的某种干系。终于，学校又有了考试制度。就像遇了春天必会有雨样，升级，又有了必需的考试。可必须考试时，不知为何，我已经不再有那种超越一分之差的奋斗之力，只是痴迷于阅读那时能够找到的革命小说，如《金光大道》《艳阳天》《野火春风斗古城》《青春之歌》，还有《烈火金刚》和《林海雪原》等。我不知道这些小说属于“红色经典”，以为那时的世界和中国，原本就只有这些小说，小说也原本就只是这样。如同牛马不知道料比草好、奶比水好，以为世界上最好吃的，原本也就是草和麦秸了。不知道，在这些作品之外，还有所谓的鲁、郭、茅和巴、老、曹，还有什么外国文学和世界名著，还有更为经典的曹雪芹和他的《红楼梦》。

不知道，曹雪芹是个男的，还是女的。

在我看来，乡村和城市，永远是一种剥离。城市是乡村的向往，乡村是城市的鸡肋和营养。在那个年代，我的家乡很幸运是方圆几十里的一个集市中心。乡下人向往我家的那个集市；我们村人，向往着三十里外的一个县城；城里的人，向往着百里之外的古都洛阳。所以，在那年代，我知足于一种幸运：父母把我生在了那个叫田湖的村庄，比生在更为偏远的山区要好下许多。我能看到的小说，在那更为偏远的山区，将会更为稀少和罕见。那个我有两个姐姐和一个哥哥的家庭，虽然充满着无边的贫穷，却又充满着无边富裕的恩受。父亲的勤劳和忍耐，给他的子女们树立着人生的榜样；母亲的节俭、贤能和终日不停歇的忙碌，让我们兄弟姐妹过早地感受到了一种人生的艰辛和生命的世俗而美好。这成了我一生的巨大财富，也是我写作时用之不竭的情感的库房。

那个时候，大姐身体不好，以今天的医诊，可能是所谓的无菌性腰椎股骨头坏死，不青不红，却又不断地发作一种无缘由的疼痛。她由此而辍学，多数时间都躺在屋里床上，为了挨日度月，消磨时光，就总是看些那时在乡村可以找到的小说，看那种在那个年代的乡村能够找到的所有的印刷品。这样，大姐的床头，就成了我人生中的第一个图书馆。她看什么，我看什么。她有什么书籍，我自然就有了什么书籍。

想到因为大姐生病，才使她的床头成了我人生的第一个图书的藏馆，对大姐的感恩，那种无可比拟的姐弟情谊，就会以潮润的形式，湿润在我的眼角。这在他人看来，似乎有些矫情，可在我确是天正地正的真实。因为这些最早的革命文学，填补了我少年心灵的空白，对小说的痴迷，让我不再对学校同学中那些身份地位、学习长相、言辞行为和我们之间那些所谓的城乡之差，存下因为嫉恨与羡慕而长久蓄生的自卑与烦乱。

我变得心怀开阔，有了胸襟。胸襟的开阔使我在初中进行试卷考试时，即使分数不是很好，也并不十分地放在心上。因为小说，让我变得似乎完全忘了和谁有过一分之差的那种遗憾。而那些革命小说中的故事，却又常常让我念念不忘，愁肠结心。初一时候，还是初二之时，我终于听说中国有部大本小说，名为《红楼梦》，又叫《石头记》，和《三国演义》《水浒传》《西游记》合称为中国的四大名著。并且，《红楼梦》是名冠这四大名著之首的。其他三部，因为大姐的床头有，我都也已看过，只是这部，不知为何，大姐的床头却总是没有。问过村里会写对联的文人，说你家有《红楼梦》

吗？那些文人都惊异着看我，像我的问话里，隐藏着一个少年心欲的不安。然而，他们的那种眼神，反而使我更加急切地渴望此书。也就终于在某一天里，同班有一姓靳的男生，哥哥是空军的飞行人员。他告诉我说，《红楼梦》是伟大领袖最爱看的书，所以省长、军长以上的高级干部们也爱看，也才能各自分一套。

我对这话将信将疑。

他说他哥来信，言称有高级干部给了他哥一套。说他哥看完将从邮局寄回，可以悄悄借我一看。

我为此惊诧，比他更为担心邮途的丢失。

也就终日地等着等着，直等到下一学期，早已忘了此事，他却在某一天里，从书包里取出一份报纸裹了几层的神秘，把我拉到一边塞进了我的手里。我欲打开看时，竟吓了他一个满脸惨白。于是，我忙又合上，藏进我的书包，躲进厕所，到没人的时候才打开那份神秘，见是一本书。果然，浅白的封皮上，赫然印着“红楼梦”三个大字。而在那小说的封底，果真印着“供内部阅读”的五个小字。当时不知为何，我喜出望外，又战战兢兢；满头大汗，却又双手哆嗦，慌忙地把那小说快速地重又裹好，急急地藏进了我的书包。

那个下午的课堂上，我没有听进老师讲的任何词语，一心想着那本“红楼之梦”，就像一心想着我一生想要见的我最钟爱的一个情人。

那个暑假，为了挣钱，为了给大姐治病，我同二姐起早贪黑，到十几里外的一条山沟，用板车往建扎在我们村的县水泥厂里运送料石；给修公路的承包队，从河滩上运送鸡蛋大小的鹅卵石子；给盖房子的村街上的商业部门，运送地基石头。白天无休止地汗流浃背，气喘吁吁，人累得如同多病的牛马。可在晚上，看《红楼梦》小说，却能醉醉痴痴，直至天亮。看到黛玉葬花、黛玉之死和宝玉出家，常是泪流满面，欷歔感叹。

然而，因为痴于阅读，我早已忘了我有些荒废的学业。

然而，偏巧那年，由初中晋升高中时，却又要由分数定夺命运。那些年月，我对阅读小说因着过分迷恋，而对人生，也因此变得有些迷惘。想横竖反正，我的命运就是同父母一样种地，不得不作于日出，息于日落；因此，并不相信你考取高中就可以不再羞于人生，耕田种地，可以让你变为不是农民的城里人了。也就无所进取，随遇而安，陪着同学们如同打哄看戏一样，参加了那年的升学考试。其时的结果，录取中的政策规定是，凡持城镇户口的同学，必须百分之百地予以录取，而对农村户口的学生，既要看考试分数，还要看大队和学校的共同推荐。就分数而言，二姐的分数远高于我；就推荐而言，我姐弟二人，就只能有一人可读高中。

话是午饭时候父亲从门外带进家的。那是夏天，知了的叫声，在树枝上做张做致，泼烦泼乱，又果实累累，叫得密不透风。父亲坐在我家的院里，说了我和二姐只有一人可以上学读书的景况后，他看着我和二姐，有些为难又有些犹豫地说：“家里的情况，你们也都明白，人多嘴多，谁都必须吃饭，又要给你们大姐看病。这样，也是确实需要你们有一个留在家里种地，挣些工分。”父亲说完，我和二姐在那个时候都端着饭碗，僵在父亲面前，谁都没有说话。有一瞬间，时间生硬，再也不会如水样细软地流动。命运在那时冰明水亮地冷在了我和二姐之间，就像时间成了石块冰坨，无形地砌压在了我家的院内。就这样过了许久，许久许久，母亲从灶房端着饭碗出来，说：“都吃饭吧——吃完了饭，再说这事。”

也就各自吃饭去了。

忘记了二姐是端碗进了屋里，还是端碗去了别处。而我，端着用红薯叶子煮了红薯面条的一碗黑色粗饭，到了门外的一棵树下。树下空无他人。而我在那片空无里，却是无论如何也无心食咽那碗汤饭。也就在这个时候，在所谓人生的十字路口上，在我正为上学还是不上的迷惘时，下乡到我们村里的一个知青，男，穿着蓝色制服，三七分头，高个儿，款款地从村街上走过，还和熟人点头说话。说话的顺序，是村人恭敬地先和他说，而他自己，只是懒懒洋洋地点头哼哈着答话别人。

他答着去了。

而我，在他走后很长的时间里，都还看着他的背影，就像看着一条通往远处的道路。就在那一瞬间，我忽然忽然、猛烈猛烈地想要继续读书，想要去念我的高中，想要从二姐手里，夺走属于她的那半个去念高中的期冀。也就匆匆地吃饭，匆匆地回到家里，看见二姐也正端着空碗，从哪儿出来到厨房盛饭。

我们在院里对望了一眼，谁也没有说话，就如彼此谁都不太认识对方一样。

下午，下地劳动，不知为何二姐没去。

晚饭，二姐也没有在家吃饭。

饭后，二姐也没有很快回家。

我问母亲，二姐呢？母亲说，找她同学去了。也就这般，把一段命运暂时搁在脑后，就像把一个疮疤暂时用膏药糊了一样。也就睡了。月落星稀。窗外是清明夜色，有蛐蛐的叫声，还有半透明的潮润的夜气。睡到半夜时候，也许我刚要睡着，也许我已经睡着，刚好醒来，就在这个时候，我家大门响了。二姐的脚步，轻柔地落在院里。接着，那脚步的声响，到了我睡的门口滞重下来，仿佛是在再三之后，二姐推开了我睡的屋门，进来站到了我的床前。

我从床上坐了起来。

二姐说："你没睡？"

我以"嗯"作了回答。

二姐说："连科，念高中，姐不去了。还是你去念吧。"

说完这话，二姐借着窗光的月色，看了看我。我不知道那时的二姐，看见了我什么表情。而我，却隐约看见，二姐的脸上，似乎挂着凄淡的笑容。笑着转身走时，还又对我说道："你好好读书。姐是女的，本该在家种地。"

然后就是漫长地等待高中的开学。在开学的前一天里，二姐给我买了一支钢笔，送给我时，她眼里含着泪水，却是依然地笑着说道："好好读书，连二姐的那份也给读上。"

现在，三十年之后，我给我的孩子说起这些，他有些愕然，有些不敢相信。不是不敢相信二姐因是女的，方才让我这个男孩读书，而是不敢相信，有个漫长的时代，虽是正宗的社会主义，可中国乡村的孩子，却是普遍贫穷饥饿，衣无温暖，食无饱饭，作为父母，普遍无力去供他们的孩子吃饱肚子，并读完初中、高中。这是一个时代给所有做父母和子女的人，留下的一份被时代早已忘记的社会歉疚，今天我们记述下来，也就是记记忆忆而已。

枪毙

20 世纪 70 年代，记忆深刻的，对我来说不是革命，而是饥饿和无休止的劳作。

大姐有病，常年躺在床上。给大姐治病，成了我们家人心中的重心。大姐曾在 20 世纪 60 年代的革命初期，同她的同学一起，大串联到过省会郑州，因为想家，又挤不上进京的火车，也就只好徒步返回，错过了她一生见到毛主席的机会。

毛主席虽然伟大，可他不是医生，不能帮我大姐治病。这就使得我们家的生活，离革命远了一步，如同乡村，离城市远了一步；农民，离市民远了一步；穷人，离富人远了一步。但革命的气息，总还如夏热冬寒般，风风火火、时时常常地扑进我家院落，扑进乡村的田野。记得 20 世纪 70 年代之初，社会上的“文攻武斗”，都已风来秋至，渐次地过去，我同生产队的老少社员，一边遥望着革命，一边本能地促进着生产。有一天，在田里翻着红薯秧子，不知为何，竟有两辆卡车拉了革命的青年，架着机枪，从田头公路上驶过。突然，他们朝着田野里的我们，打了一梭子机枪。子弹就落在田头的草上。草摇土飞之后，当过兵的一个退伍军人突然大唤："卧倒——" 社员们就都学着他的样子，各自卧伏进了红薯秧的垄沟。起身之后，卡车已经远去，载着革命者和他们的笑声。不知这革命从何而来，又到何而去。于是间，生产队长就对着革命的背影大喊大骂："操你们奶奶，我们种地，你们革命，井水不犯河水，碍着你们啥事儿啦？！"

乡村，不是那个年代的主体，不是革命的主体。那个年代，和今天的改革开放完全一样，主体乃是城市，而非乡村和十亿农民。年代中无论何样岁月，中国的主人翁都是那些曾经在新旧中国的革命中和革命有过密切联系的人。但乡村，1949 年之前是中国革命的主要阵地；而在 1949 年之后，除了"大跃进"和"三年困难时期"，或多或少，已经有了角色的根本变化，只是社会主角的群体配角，是革命漫无边界的辐射地带，只是革命兴起时的必然牺牲和最终成就革命的辽阔地缘。"大跃进"和"三年困难时期"，最深刻的教训就是，革命出产激情，并不生产粮食。"三年困难时期"时，饿死的人成千上万。这就证明，无论如何革命，乡村还要种地。

也必须种地。

要种地，就必须由如我样的学生，割草放牛。也就读书，也就割草与放牛。说不清哪个是正业，哪个才是业余。在割草放牛中，目睹着父母们日出劳作、日落而息和无休止的劳动换来的无休止的饥饿。这些所见，营养了那时我内心切实懵懂的一些要逃离土地的心愿。也就在这懵懂和迷茫之中，那一年，村里来了一批知青。

并不认真知道，知青们来自哪里，但却相信，他们一定来自城市——洛阳或者郑州。事实证明，他们确是来自遥不可及的、我梦寐以求的那些城市，六人、七人，家在省会郑州，还有一个，来自洛阳。他们被村人恭敬地安顿在特意为他们收整干净的大队部里。村人们敬着他们，就像敬着自己的祖先。因为他们能从城里给村里带来一些买不到的化肥、布匹和火柴等。极度的革命与计划经济所导致的物质匮乏，是连种地的农民上街买个烧饼也需要一两粮票。可是国家，却只给农民下发劳动的义务，并不下发多少粮票、煤票和足够的布票以及别的票证和权利。这些东西，知青们虽然不多，但却多多少少，总是神奇地有着。于是，他们给乡村带来了一些农民的急切之需，农民就自然地感恩戴德，不让他们下田，不让他们种地，最多最多，就是让他们在田头看看庄稼，吹吹笛子，举起柳枝，轰赶一下落进田里的飞鸟和窜进庄稼地的猪羊。

那时我小，看知青们不下地劳动，穿得光鲜干净，日子就是在村头漫步和吹笛，也就渐渐明白，乡村人是如此的低贱，而城市青年，竟是如此的高贵神仙。我不恨他们生在城市，只是无奈地暗自抱怨，自己生在了这个乡村。他们吹笛散步，指着从他们面前过去的农民，偷偷笑着说些什么。到了吃饭时候，午饭或是晚饭，村里各家讲些卫生的农民，还要负责给他们烧饭——那个年代的术语，叫作“派饭”。一家一个、两个知青，一般是一派一周，周后换户。我母亲是村里爱着干净的妇女，每天除了扫地整屋，连我家大门之外，也都要打扫一遍。于是，我家就成了最为合适被“派饭”的一户人家。

有了派饭的任务，母亲和病轻的大姐，就要提前忙乎几天，淘麦磨面，等着知青到我家里隆重吃饭。一般说来，我们一家人都吃细粮白面的时候，必是春节和一年里的几个重要节日。其余时间，尽皆顿顿都是粗粮，如玉米黄面和红薯黑面等。再余能吃到细粮白面时候的，就是每逢阳历五日、十日、十五日的逢五街集，外公从更远一些的乡下到村里赶集，母亲才会给外公做上一碗白面捞面，或烙一张白面烙馍。还有就是，父亲下地过分劳累时，母亲也才会给他偶尔吃些细粮白面。也有时候，大姐病重，母亲会给大姐烧上一碗细白的葱花面条。

可是知青派饭，轮到我们家里，却总是要顿顿细粮白面。中午一般都是白面手擀面条，晚间都是葱花油烧烙饼。他们吃饭时候，我常常嘴馋地站在边上盯着他们，翘首以待，想念着吃喝和未来如他们一样的人生。母亲觉得，我站在那儿看人家吃饭确实不好，就总是把我打发到门外的别处，去做些别的事情。时日久后，我为了不看着嘴馋，也就在知青到我家里吃饭时，必然地躲着他们，闪到门外坐在某棵树下，或一堆对面人家准备盖房的石头堆上，盯着我家大门，看个时时日日，岁月久长，忖着一个乡村孩子的心事幼稚，直至饭后的知青从我家大门里慢慢出来，用手绢擦着油嘴，款款地朝村里去了，我也才可以急急地回到家里。

每次回到家里，都渴望知青们或男或女，在我家有吃不完的东西留下。可是，每次慌慌地扑回家里，他们都未曾留下什么。这让我有些失望。不知是母亲给他们做的饭食原本就少，还是因为他们年轻，正当生长时候（可我也是），有多有少，一概都能吃下。

话又说将回来，他们吃饭，也都不是白吃。每个星期，会按一顿饭两毛钱和二两粮票的流行价目，算好了留在我家桌上或门前的石条凳上。现在算计起来，他们留的，远远少于他们吃的。然而那时，他们每周留时，我母亲都会推推让让，说留得太多太多。母亲的宽善，让我也就确实认为，他们留的钱和粮票，兴许的确多了。是因为多了，母亲才总是那样热情？还是因为多了，我们家才让他们无论何时，都享受外公来赶集时、父亲劳动累到过度之后，才有的那种慷慨阔厚的待遇，还有大姐病中，才偶尔可以吃到的细米白面？直到后来，忽然有许多被“派饭”的人家庄户，都偷偷找到村里干部，说这样地吃着细米白面，哪能行啊？说一顿两顿，就是一月两月，也还算可以，可这样的久久长长，一年半年，谁家能经受起这种吃法？直到后来，一边供着知青们的派饭，一边又不断地向干部反映那个年代的——关于一种饥饿与吃的情况。又直到半年之后，那些知青开始自己立火烧饭，村人们也才长长舒了一口暗气，有了一种为吃几顿白面而背上包袱的解脱。

说句实在话，20 世纪 80 年代之初，中国文坛轰然兴起的“知青文学”，把下乡视为下狱。把一切苦难，多都直接、简单地归为某块土地和那土地上的一些愚昧。这就让我常想，知青下乡，确实是一代人和一个民族的灾难。可在知青下乡之前，包括其间，那些土地上的人们，他们的生活、生存，他们数千年的命运，那又算不算是一种灾难？说心里话，和农民永远无法从本根上理解城市、无法理解知青下乡是一代人和一个民族的灾难一样，知青们和曾经是知青的作家们、诗人们、教授们，其实也都根本无法真正理解他们曾经在那土地上生活了几年或更长一些时间的那块土地和在那土地上活过来的千百年的人们。依实而言，在我家乡那块偏僻的土壤上，没有大批的知青如黑龙江的建设兵团样，人头攒动地走来串往，但却断断续续，每个村庄，都有着知青们客人般的到达。他们和旅人一样，在那儿少则数月，多则数年后，也就陆续走了。

光荣地，回城去了。

我没有听到见到过，知青们在我家乡那块土地上“受苦受难”的事情。但我知道，那段记忆，已经成为了他们共有的苦难，成为了他们的一段珍贵而欢乐的历史回忆。包括后来，村里不断地丢鸡丢狗，甚至有整头的山羊、绵羊，都会突然丢失。然你在四处寻找了三朝两日之后，那狗头羊毛，却在知青点的房子周围，赫然地扔着挂着，仿佛是一种旗帜在向敌营示威，是城市向农村示威。在我的记忆里，对知青们没有爱恨，也没有什么美好与羞丑，更没有激情和所谓的无奈。只是觉得，那是那个年代的一桩事情，就像季节中的一场风雨，来就来了，去就去了。记忆犹新之时，令人痛惜之事，是 1975 年还是哪一年里，村头的河滩地上，要枪毙几个犯人。其中之一的是个男的农民，他的死与知青有关。说他翻越知青点的院墙，企图强奸一个女的知青。虽未得逞，但却罪大恶极，十恶不赦，也就只能将他认真毙了。

枪毙那天，山人海人，庙会一般，先在附近各村进行了一番游行，让犯人们都站在卡车两侧，反绑了双手，胸前挂了纸牌，上写罪犯的人名、罪名，如欲要强奸女知青的那个年轻农民，他的黑墨名字上，画了鲜红的墨水红叉，名字之下，又写了“强奸犯”三个大字。后背上还如戏台上的死刑犯样，插了木牌，写了他的人名、罪名。

山人海人。游行的卡车，从人群中缓缓过去。

人山人海，人们都把坚硬的泥巴、石块，投到那所谓的强奸犯的脸上、身上，而不去投那也要枪毙的杀人犯和放火偷盗犯的人的脸上。

也就认认真真地，将他毙了。

几声枪响之后，一切又归于风平浪静，和雨过天晴后一模一样。

待那河滩地上的人潮退去不久，我和几个同伴去枪毙人的现场找着看了。确实看到，沙地上有着一些血迹，就像一些黏稠的浑水，浸染了沙地上的沙土。也就有些惘然，有了对知青们的惊恐和敬而远之。因为，就此之前，在我们邻村的一个知青点里，有着一桩同样的事情，只是角色倒了过来。是个男的知青，强奸了村里的一个女孩子，十六七岁，她去地里割草，被知青骗到屋里生生奸了。事情的结果，是那女孩从知青点里哭着出来，就在村头投河自杀。而那男的知青，听说女的死了，也就连夜逃出村庄，回了城里。女方父母，为此痛哭不已，葬了女儿，也曾上告政府，可政府并没有因此施法而进城抓人。

更是没有，把那男的抓来判了。

那男的知青是强奸成的，且乡村女孩还已死去。人命关天，对那男的知青，却并未怎样有个说法。只是政府的干部陪着男的父母，从城里来到乡下，作赔了一些钱物。还有，世界上最为真诚的一种臃肿的道歉。然在半年之后，有了同类事情，犯人身为农民，虽为强奸未遂，人却猛地一下，轰然毙了。

那一天的黄昏时分，河滩上流动着夏天的闷热和潮润的水汽。我们那些半大的孩子，寂寞地站在做过刑场而热闹过后的河滩上的一湾空旷里，就在那湾空旷之中，我开始对这个世界有了一种更为复杂的困惑；对那些知青，也不再存有仰视和羡慕，而且还生出了一丝怨恨，深藏在了自己的内心。从此，记住了他们在村里的不劳而获和偷鸡摸狗，记住了他们在我们乡村如度假一样的生活。不太明白，我们乡村本就田少粮少，革命、时代为何还要派这些城里的孩子，到这儿祸害乡村的人们。也就盼着他们赶快离开，回到他们家里，让城市乡村，两相疏离，彼此平静，相安无事。

也就在我不慎的一天，他们果然走了。

那个暑假，我去了洛阳舅舅领的一个建筑队里，搬砖提灰，做小工挣钱，以补家缺之用。可在暑假之后，回到村里，也就冷丁儿听说，知青们轰然走了，像听说了风吹云散一样。像果然的风吹必然云散样，并不觉得，对他们走去有什么惊异。然在那天夜里，却总是想着知青们走了，村里又归了平静，还不如他们不走，总会有着事情的生发。

那一夜，我反复记起，有个姓黄的知青，女的，在我们家吃着派饭的时候，母亲给她烙了一个葱花油饼，把那油饼十字切开，一分为四，而她却是唯一一个没有把那油饼吃完的人。

她吃了一半，还剩着一半。

她去吃饭的时候，我依然在门外的石头上等她吃完离去。可等了不久，她就从我家推门出来，看看左右，径直朝我走来，什么也没说，递给我一块纸包的油饼。原来，她在我家只吃了油饼的四分之一。知青走了，让我总是想着她的模样，和那一块四分之一的油饼。来日里下田干活，我抽空去了知青点的几间空屋，以为能找些什么，结果却是一片的狼藉空荡，如同风吹云散之后的一地柴草鸡毛。

写作

直到今天，对于知青我都没有如许多人们说的那样，感到是因为他们，把文明带进了乡村；是因为他们在乡村的出现，才使农村感受到了城市的文明和文化。于我最为突出的感受，就是因为他们的出现，证明了城乡的不平等差距远远大于原有人们以为的存在，远远不只是一般的乡村对都市的向往与羡慕，还有他们来自娘胎里的对农民和乡村的一种鄙视。

原来，课本上说的“四个现代化”建设，其间的农村现代化，其实只是一种美梦之想，如同一种天方夜谭。知青们走了，他们让我隐约地明白，与其在土地上等待一种命运，远不如努力地逃离土地，去尝试着改变一下什么。也许，就在那些年里，也许是在我读二年级时，遇到的那个来自洛阳的女性同学，让我过早地萌生了逃离土地的欲念。只是因为知青们的到来，让那种子似的欲念，开始了一种莫名的水润膨胀。

我开始渴望，有一天真的离开土地，走进城里。如同急要从土地上逃走的贼样，我日日地瞪着寻找机遇的双眼，盯着我面前每一天的日子。也就忽然在某一天里，从大姐的床头，拿到了一部长篇小说，书名是《分界线》，作者是张抗抗。今天，在三十几年之后，我已经无法回忆起那部书的故事、情节，还有什么细节。但是，在书的封底上那惯常的内容提要里，却写着张抗抗是从杭州下乡到北大荒的知青，由于她写了这部小说，由于她到哈尔滨出版社进行了修改，于是在这部小说出版之后，张抗抗就从北大荒留在了省会哈尔滨。

这一提要的内容，当时让我猛地一惊：原来，写出这样一部书来，就可以让一个人逃离土地，可以让一个人到城里去的。也就那个时候，1975 年前后，我萌动了写作的念头，播下了写一部长篇小说，到城里出版并调进城里的一种狂妄而野念的种子。

也就开始了偷偷的写作。

也就在刚把一部名为《山乡血火》的革命长篇写下开头的时候，我开始到几公里外宋朝的大理学家程颢、程颐的故里，去读了高中。在刚进高一的一个班里，有人偷偷指着我们的语文老师，说他姓任，不仅上过大学，而且还在家里写着比《红楼梦》更为伟大的一部小说。说《红楼梦》只有四卷，而他的小说，却要比“红楼”长出一卷。

我对我的老师，肃然而起敬。

在一次课上，老师讲着语文，提问我时，我答非所问，反宾为主，问老师说，你真的在家写着比《红梦楼》更长的小说？那姓任的老师没有答我，而是从口袋取出一个旱烟包来，在讲堂之上，他熟练地撕下一个纸条，卷起了一根“炮筒儿”烟卷，点燃后昂然吸着，脸上露出神秘的笑容，说你们都看过《红楼梦》吗？如有机会，都应该看上一看。那个时候，我并没有意识到《红楼梦》一定就比《分界线》更为伟大，曹雪芹一定就比张抗抗和我们老师，有何过人之处。恰恰是后者和她的作品，让我觉得所谓的写作，并没有多么了不得的神秘，也不是什么遥不可及的事情。

寂冷的光亮

我开始了写作，并坚定日日地写着。

白天到几里外的高中读书，晚上躺在床上，辗转反侧，构思我的故事。星期天下地劳动，到了晚上就点上油灯，伏在一张陈旧而破损的抽屉桌上，写着我的关于阶级斗争和地主、富农、贫农，以及剥削与被剥削，反抗与被反抗，还有远离家乡之后，主人翁去找共产党的那部长篇故事。

写作成为我生活的秘密，使我感到在那青春年代里，我比别的同学和乡村的人们，都过得充实和多了一份愿念理想，似乎在生活中比别人有着更多的一束遥挂在未来的光明；使我觉得，正因为文学的存在，才有了我那时活着的意义，才有了我文学的昨天、今天，和可能是灰暗而艰涩的明天。

就是到了今天的景况，我的写作或好或坏，已经写有五百余万字的作品时，所有的记者见我都会千篇一律地问我世界上对你影响最大的作家是谁、作品是什么时，我都是认真地答道，对我影响最大的作家是张抗抗；影响了我一生的作品，是张抗抗的《分界线》。

必须承认，我确实从心里对抗抗大姐，充满着一种难以言说的感激之情。

岁月如同有用无用的书纸，日子是那书纸上有用无用的一些文字。就这么一页一页地掀着，仿佛我写的无意义的小说一样，到了我把那部长篇故事写到三百余页时，因为大姐的腰痛日益病重，因为家里确实需要有人干活，需要有人去挣回一份维持油盐药物和零用的钱来。在读高二期间，我读了一个学期，便辍学回家去了。那年我还不到十七岁，在家呆了数天，把我的被子、衣物，还有正在写作中的小说书稿，一整一捆，就到了几百里外的河南新乡，打工去了。

那是一段我人生中最为辛苦的岁月，每每提起，都会欷歔掉泪。

我有一个叔叔，是我父亲的亲弟，他远离家乡，在新乡水泥厂里做着工人。因为他在新乡，也就首先介绍我大伯家的老二孩子，名叫书成的我的叔伯哥哥，在新乡火车站当着搬运工人，把从火车上卸下的煤或沙子，装进加长加高过的架子车上，运往三十多里外的水泥厂里；起早贪黑，一天一次，一次一吨，一千公斤，六十多里路，能挣四到五元。因为哥哥在这儿干着，我也就到这儿做了一个搬运工人。

我比哥哥个儿高些，却是没有他那样对人生和搬运的耐力。每天天不亮时，我们弟兄就早早起床，拉着空车，快步地往三十里外的火车站去，每人装上一吨煤或沙子，然后再缓慢地如牛一样，拉着重车回来。在平和的土道上，我们步履蹒跚，徐徐而行；遇到了上坡，无论坡陡坡缓，我们都把一辆车子放在坡下路边，弟兄两个合拉一车，在那坡道上走着“S”形的路线，盘爬着自己的人生。送上一辆，回来休息一会儿，再合拉另外一辆。夏日时候，天如火烤，汗如雨注，好在那时，路边常有机井浇地，渴到难耐之时，我们就趴在路边田头，咕咕地狂饮一气，如马如牛，如沙漠骆驼，喝个痛快。到了午饭，我们就总是赶到某一机井口上，吃着四两一个、因为坚硬形长被我们形容为“杠子”的馍馍。每次，喝着路边的生水，吃那杠子馍馍，我和我哥，都能一口气吃上两个，八两重量。

起初，我拉不动那上吨的煤车、沙车，吃不下那两个杠子馍馍。哥哥替我着急，除了每遇上坡，都要替我拉车以外，还要在路边吃馍的时候，从他车把上吊的一个袋里，给我摸出一块乌黑的咸菜块儿。他咬下一口，有三分之一，自己吃着，把那三分之二乌黑的咸菜，递到我的手里，让我就着咸菜，就着路边河水，去吃那坚硬的杠馍。这样过了一段日子，看我能吃完那八两馍了，哥就不再给我准备咸菜，而只准备一些最为淡白深刻的关于人生的话。

他说："连科，你还回家读书去吧，读书才是正事。"

他说："不读也行，读多了也不一定有用。"

他说："明天周末，我们回去洗个澡吧。洗个澡，明天你好好睡上一觉。"

我在每周的周日，都会好好睡上一觉，把前几天透支的力气，设法儿补将回来。可是，我哥让我睡觉，他却仍在星期天里，还要到火车站上再多运一趟煤或沙子。

我和我哥，是住在水泥厂的一间宿舍房里。周日这天，哥哥拉着车子走了，我就躺在空荡荡的屋内，有些绝望地望着天花板和天花板上挂的蛛网，还有蛛网上一天天长大的一个蜘蛛。这个时候，我就想起了我那写了几百页书信横格稿纸的长篇小说，它孤苦伶仃，和行李一块儿，从老家随我到了新乡，可我却是再也没有为它续写过一字一页，再也没有写出过一段情节或一个细节。

就这样过了两个多月。有一天，我叔看我走路时一个肩高，一个肩低，身子也有些歪斜，问我怎么会这样走路。我说本来就是这样走路。我叔伯哥哥，却把头低了一会儿，又抬起来说，是拉车拉的。说因为架子车中的辕带，每天都要狠狠地勒在肩上，要用尽吃奶的力气向前拉着，那肩膀也就自然向下坠了。

说完这些，我叔没有再说什么，眼眶里有了泪水。

三天以后，我叔不让我再到火车站上去当那搬运工人。说挣钱再多，也不再去了。说一旦累坏了身子，他会一生对不起他的哥嫂，我的父母。经过叔叔的托人周旋，还请人吃了两次饭店，喝了一瓶白酒，说通了让我到水泥厂的料石山上，和别人一道打风钻、炸料石，然后再把料石装上小型火车，运往山下水泥厂里。因为炸那料石有些危险，被石头伤后流血或被哑炮碎骨，甚或炸亡的事情，每年每月，都时有发生。为了安全，叔也不让我哥去做那搬运工了，让他和我一块儿上山，彼此也好有个照应。

我们弟兄就卖了各自的架子车，到水泥厂的料石山上，去做了那里的临时工人。料石山脉，离水泥厂有三五里，小罐儿火车，上山时用钢丝卷扬机把几十个空罐车厢拉将上去，待装满料石，再利用下坡的惯性，把那罐车迅速而有节奏地放下山去。在那山上，临时工们分着几拨，有人专门打钻放炮，有人专门把料石装上铁皮板车，再推几十米或者上百米，装上罐车，还有人负责，专门把罐车往厂里放运。刚上山的新手，由于不熟悉劳作景况，都会让你干上三天放罐的轻活。三天之后，你都熟了，再去干那搬石头抡锤，到崖壁上撬石放炮的险活累活。

我干了六天放罐的轻活。

叔伯哥哥，把他前三天的放罐轻活，也让给我了。而他，一到山上，就干了抡锤打钎的最重的活。在山上干活，是一种“计时”，而非“计件”。计时，即每天干八个小时，为着一班，每一班有一块六毛钱。为了能干上十六个小时，一天劳作两班，挣上三块二毛钱，我和我哥去找工头说了许多好话。我叔，还又去给那工头送了两盒香烟、一瓶白酒。就这样，我和我哥，在那山上每天干上双班，十六个小时，经常一干十天半月，不下山，不洗澡，也不到厂里去办什么事情。吃住都在那空旷的山脉上，直到天下雨了，才会借着雨天，休息一下。

人生虽然苦寒，可每月领薪后往家寄钱的那一刻，从邮局出来望着天空和行人，还是感到了无限的惬意和温暖，感到了自己已经是个大人，可以为父母和家庭尽下一份情意和责任。为此，还是会有着来自心底的甜蜜和自傲，尤其在接着家里回信时，信上说寄的钱已经收到，那些钱刚好能让家里派上这样那样的用场时，自己就觉得自己有了顶天立地的命道和力量，也就感到世界的实在和具体。于是，越发地想要干活挣钱和去承担一些父母肩上的事，去父母肩上卸些生活的沉重和悲苦。这样，也就更加渴望每天能在矿山上干下十六个小时，而且是永无休止地干下去。

最长的一次，我在那山上一气干过四十一天，每天都是十六个小时，不洗脸，不刷牙，下班倒在地上就睡，醒来用湿毛巾在脸上象征一下，就往工地上快步走去。因为工厂里既抓革命，又促生产，要大干一百天，完成多少万吨的水泥生产，支援哪里的工程建设。所以，全厂上下，就都那么日夜忙着，自自然然，也就给我提供了一个不用请客送礼、不用求人说好，就能每天干上十六个小时的天赐良机。

我抓住了这个机遇。

在这机遇中，有一桩趣事。那桩趣事，关系到国家机密和台海关系。

那个时候，对于台湾，大陆人知道的只有两个内容：一是他们台湾人，都生活在水深火热之中；二是我们“一定要解放台湾”，拯救他们于水深火热的苦难之中。当然，因为我们要解放他们，他们又亡我之心不死，随时都要反攻大陆，夺取我们的革命政权。所以，不知是真的还是假的，那时候大陆的到处尽皆，似乎都有潜藏的国民党特务。于是，也就从我幼年记事伊始，耳朵里总是听到国民党的特务如何如何，使我有很长时间都怀疑我们邻居，怀疑某个老师和大街上穿着制服的行人，都是国民党从台湾派来的一个坏人特务。以至于少年时期，独自走在村头的田野，因为过分寂静，能听到自己脚步的后边还有脚步的声音，也就怀疑，身后有着来自台湾的某个特务，正悄悄地跟在我的身后，我快他快，我慢他慢，于是就猛地回头，又只发现一片空旷在身后漫漫地铺着堆着。

为了证明身后确实没有特务，有时我会快走几步，把身子闪在墙角或一棵树后，然后把头悄悄伸将出来，进行观察瞭望，以待确认身后的确没有特务的尾随，才会继续谨慎地走去。回忆那个年代的许多事情，就像回忆一部年代久远的革命电影，有许多模糊，也有许多清晰；有许多场面宏大的历史空旷，也有空旷中鲜明细节般的野花小草。总而言之，那是一个革命和激情充盈的年代，革命养育了激情，激情反转过来，又燃烧着革命，以至于我为了自己和家人的生存，在新乡郊野的山上，每天双班，一次干上十六个小时，整整四十一天，没有下山，没有歇息，除了珍惜来之不易的每天能干十六个小时的机缘，别的我都一概不管不顾。也就从此，忘记了一切，如同和整个世界完全隔绝了一样。然就在这个隔绝之中，革命与解放台湾这样宏大的事情，会转化成某个细节，呈现在我的眼前。

这是一天午时，我们正往罐车上装着料石，工地上忽然停电，罐车不能运行，风钻也不能旋转，大家几十个来自天南海北的和我一样，在那年代求着生存的临时工们，都躺在碎石渣上歇着睡着。也就这个时候，在我躺着将要睡着之时，我看到有两个硕大的粉红气球，从天空中的高远朝着山里的深处飘了过来。

望着那两个气球，我的第一反应是，这对气球可能是台湾的国民党人放飞过来散发反革命传单的两个反动工具。至于那来自台湾的气球，能否飞过台湾海峡，海峡又在什么地方，从海峡那边的福建厦门，到我们的中原河南，河南的新乡界地，有多远的千里之程，要经过几个省份，我不知道，也不想知道。但却望着那对气球，越来越信那是来自遥远的、水深火热的台湾方向。为了证明我的怀疑，在大家都半睡半醒之时，我做出要去厕所的样子，离开了工地，离开了人群。

我朝着气球飘去的方向，一口气走了最少三十分钟。从山顶到了荒无人烟的一条沟谷，直到确实相信，那气球已经飘失，我再也不能找到它时，才停下了我的脚步。可是，就在我转身要走，要离开山谷回到山顶时，奇迹“砰”的一下，出现在了我的眼前。

我在路边的一个石头缝里看见了一样东西。那东西如同书签，四指宽窄，一拃长短，纸板光硬，印制精美，一面是一个美丽的少妇，亭亭玉立地穿着短裙，分开双手，一边各牵着两个孩子。那四个孩子，两男两女，健康可爱，背着书包，拿着玩具；而他们彩色照片的背景，是宽阔的台北大街和一街两岸的高楼与路灯。就在这书签似的卡片彩照的背面，赫然地印着一行蓝字：

台湾不计划生育

在当时，我对“计划生育”这个后来连农民都十分明了的词语，还不是十分了解，只是隐隐觉得，这个词语与生孩子有些关系。而那个年代，我们乡村也同样没有实行计划生育，只是大陆的某些城市，开始有了这样的号召。所以，对计划不计划生育，我并不十分感兴趣。而只是觉得，捡了这张卡片，明证了我对那两个气球是来自台湾反动派的一种判断；只是觉得，台湾人虽然反动，可他们大街上的丽亮和人的神情，却是越出了我的所见和想象；还有对照片上母子们生活的幸福，有了暗自而沉重的羡慕。

山谷中空旷无人。我拿着那张卡片，默默地朝工地走去。到了工地，又把那张卡片藏在雨淋不到、别人也不能发现的一条石缝里。虽然之后我没敢再去石缝里看那张卡片，却已经在心底里藏下了一个不能告人的秘密，那就是：台湾人可能比我们生活要好，而我们自己，才是生活在水深火热之中。这个对于社会、革命和世界朦胧的怀疑，让我想起了我那没有写完的长篇小说，因为在那个虚构的故事里，充满着阶级斗争，也有着一个来自台湾特务的丑恶形象。

我又开始写起了我的那部长篇。

因为我的叔伯哥哥回家结婚去了，给我留下了独占一屋的空间。可在某天动笔的时候，方才猛地发现，因为每天在山上搬石头抡锤，往车上铲装石渣，铁镐的把儿和我缝了几层补丁的裤腿，时时挤压着我握铁锹把儿的右手手指，使我的右手指头，已经完全扭曲变形，如同树枝一样干枯弯弯，让我无论如何，都无法再握那细滑的钢笔。发现手指无法握笔的时候，望着干硬的指头，我惘然不知所措，有些想哭，又觉得坦然。试着用左手握笔，却又依然不能写字，就再用右手生硬地握着，生硬地在纸上写着，直到可以把字写得有些像字了为止。

就这样，在每天不干十六个小时，而只上一班八个小时的时候，我都会关起门来，写上几页、几个小时的所谓小说。这个时候的写作，已经不太寄希望于以它的出版来改变我的命运，让我逃离土地，走入城市，而是觉得，现实让人感到生存的绝望，在写作中，能让人觉出有个新的世界的存在。

也就如此，上班、写作，写作、上班。上白班了晚上写，上夜班了白天写。以为一切都将过去时，因为工地上忽然走了几个来自他省的工人，我又有机会在那山上，每天干上十六个小时、一干半月时，世界轰然而悄然地发生了巨大的变化。

天翻地覆。

天翻地覆是自一天的夜半开始的。一天的夜半，已经是十二点多，忽然间，寂静的山脉工地上的大喇叭里，莫名其妙地响起了音乐，播放了豫剧《朝阳沟》。先前，那大喇叭里除了播放各种通知外，就是革命新闻和革命的京剧样板戏。可是那一夜，天空浮云、万籁俱静之时，大喇叭里竟然播放了有些靡靡之音样醉人的豫剧《朝阳沟》。我们不知道喇叭里为什么不再播放那革命的样板之戏，而改播了优美的地方戏曲。大家都怔在那儿，停了手中的活儿，都在听着《朝阳沟》中的“走一步，退两步，我不如不走”的优美唱段。直到后来，那些年长的工人们干着活，就都跟着大唱起了《朝阳沟》来。

我就是从那一夜突然意识到了豫剧之美，直到今天，还迷恋着河南的戏剧。因为那一夜，我要干上双班，十六个小时，所以，第二天八点下班，回到山下水泥厂的工人宿舍区里，已经是来日的上午十点多钟。就在那宿舍街区的墙上，那一天，我看到了到处都是奇怪的标语。内容尽皆是打倒王、张、江、姚“四人帮”的口号。我不知道王、张、江、姚是谁，不知道“四人帮”是什么意味，就如不懂“计划生育”是什么意味一样。回到宿舍，我小心地去问我的四叔，说王、张、江、姚是谁?

四叔说王、张、江、姚是：王洪文、张春桥、江青和姚文元。我知道王洪文、张春桥、江青和姚文元都是我们伟大国家的领导人。想起不久之前，毛主席逝世时，我在山上干活，直到一周后从山上下来，才愕然听说毛主席已经去世了。“四人帮”又都被抓了起来，这使我过了许久之后，才隐隐醒思到世界将要发生什么变化。一场新的惊人的革命，也许就要到来，尽管各种革命似乎都与我无关。但在当时，我首先想到的是，王、张、江、姚的顺序一定被谁排列错了。“四人帮”的顺序为什么是王、张、江、姚，而不是江、王、张、姚呢?王洪文是国家副主席，可江青才是“革命的旗手”啊。

后来的事实确是证明，中国实实确确有了新的革命。

而且革命，与我有关。

在非常偶然、普通的一天里，我正在山上干活，我的四叔急急地从山下走来，到我面前犹豫着说，你下山买票回家去吧，家里有了急事。我怔在叔的面前，有些惊慌，有些忙乱。叔看我忙乱，就取出了一封电报，默默地给我。

电报上只有简单四字："有事速回"。在那个年代，电话网络，不像今天蛛网样罩在上空，让世界变得小如手掌。而那个时候，通讯的主要方式，就是信和电报。缓事发信，急事发报。而发电报，一般又都是家有告急，如亲人病重病危，或突发别的灾难。因为电报上每发一字，需要六分钱还是八分钱，这六分、八分，是两到三个鸡蛋的价格。所以，世界上最简洁的文字，自然就是电报的语言；最令人不安的文字，也是电报的语言。

因为家有病人，这让我不敢多想电报背后的事情。就只能怀揣着电报，急匆匆地下了矿山，买票整物，连夜启程，回到了洛阳嵩县的一隅老家。

到了家里也才知道，家里一切如常，只是因为社会和从前有了大不一样。

高考

中国的社会，又有了高考制度。

无论什么人，都可以报名去考那事关你命运前程的大学。

从新乡回来，离高考还有四天。因为高中没有毕业，就只能找出初中课本，抓紧复习了整整四天，便和一些同村青年一道，到几里外的一个学校，参加了一次对我来说是莫名的高考，就像抓紧吃了几口饭食，又匆忙地奔上了人生与命运的老道一样。

记不得那年都考了一些什么内容，但却记得，高考作文的题目是：《我的心飞到了毛主席纪念堂》。这个题目，充满着悲伤和轰轰烈烈的革命气息。清楚地记得，在那篇作文里，我写了我站在我自己亲手修的大寨梯田上，眼望着北京天安门，心里想着毛主席生前的伟大和光荣——在那篇作文里，我狠命地抒发了我对伟大领袖的某种空洞浩大的感念和情感。因着自己那时正写着长篇小说，而那篇作文，也就自然写得很长，似乎情真意切，壮怀激烈。作文要求是每篇千字左右，每页四百格的稿纸，每人发了三页，而我，却整整写了五页。因为作文稿纸不够，举手向老师索要稿纸时，监考老师大为震惊，过去看我满纸工整，一笔一画，在别人两页都还没有写完时，我的第三页已经写满。于是，监考老师就在考场上举着我的作文，大声说像这个同学，能写这么长的作文，字又认真，句子顺畅，那是一定能考上大学的。希望别的同学，写作文都要向我学习。我不知道，当时的监考老师是来自哪里，但他的一番话，让所有的考生在那一瞬之间，都把目光集中到了我的身上，像一个时代，都把目光集中到了北京的天安门城楼上一样。

然而那年，我没有考上大学。

我们全县，无一人考上大学。只有偶或几个考上了当地师专。而我所在的考场，上百考生，连考上中专的也难求一个。这集体的落榜，还有一个原因，就是集体去报考志愿那天，上百个考生，无一人知道，中国都有什么大学，省里都有什么大学，洛阳都有什么学校。问负责填报志愿的老师，志愿应该写到哪个学校，老师说，你们随便填嘛。

问："随便也得写个学校名啊。"

老师说："北京大学和河南大学都行。"

问："北京大学在北京，河南大学在哪儿？"

老师说：“可能在郑州。”(实际在开封。)

大家都意识到了一个问题，北京是首都，是政治和革命的中心，是全中国人民向往的一方圣地。于是，有人率先把他的志愿填了“北京大学”四个字。随后，所有的同学都把志愿写成了北京大学。

我也一样。

当然，结局是无一录取，命运决然的公正。

接下来，和我同考场的许多同学，都在次年进行了复读复考。而我，没有复读，没有复考，也没有到新乡水泥厂里接续着去做那炸山运石的临时工人。我想在家写我的小说。刚巧我大伯家的老大孩子，我的一个名为发成的哥哥，他是一位远近闻名的匠人，在一个水库上成立了一个小型建筑队，我就白天跟着他到水库上搬砖提灰，学做瓦工，晚上在家里夜夜赶写我的长篇小说。就是到了大年三十的除夕之夜，我也呆在屋里，一直写到第二天鞭炮齐鸣，春光乍泄。

1978 年的下半年里，我终于完成了这部小说。到了年底，便怀揣着一种逃离土地的梦想，当兵去了。在我人生的旅途中，迈出了最为坚实的进城寻求人生的一步。可在军营，所有的人问我为什么当兵时，我都会说是为了革命，为了保家卫国。问我为什么写作时，我都不说是为了我的命运，而是说为了革命而提高自己的文化水平，去争做一个革命的、有文化的合格军人。因为革命，是那个年代的本根。革命掩埋、掩盖了那个年代里人的一切。可是后来，有位领导听说我爱写小说，有心看看我的作品欲要提携我时，我急急地写信并打长途电话，让我哥哥把我用几年时间写的三十万字的长篇寄给我时，我哥却在来日回我的长途电话里，伤心地告诉我说："弟呀，你当兵走了之后，母亲每天烧饭和冬天烤火，都把你写的小说当作烧火的引子，几页几页地点着烧了。"

我问："全都烧了？"

哥说："差不多全都烧了。"

第二章

想念父亲

土地的身影

到今年，我父亲已经离开我们二十五年了。

二十五个春春秋秋，是那么漫长的一河岁月。在这一河岁月的漂流中，过去许多老旧的事情，无论如何，却总是让我不能忘却。而最使我记忆犹新、不能忘却的，比较起来，还是我的父亲和他在活着时劳作的模样儿。他是农民，劳作是他的本分，唯有日夜的劳作，才使他感到他是活着的和活着的一些生存与意义，是天正地正的一种应该。

很小的时候——那当儿我只有几岁，或许是不到读书的那个年龄吧，便总如尾巴样随在父亲身后。父亲劳作的时候，我喜欢立在他的身边，一边看他举镐弄锹的样子，一边去踩踏留在父亲身后或者他身边的影子。

这是多少、多少年前的事情了——那时候各家都还有自留地，虽然还是社会主义的人民公社，土地公辖，但各家各户都还允许有那么一分几分的土地归你所有，任你耕种，任你劳作。与此同时，也还允许你在荒坡河滩上开出一片一片的小块荒地，种瓜点豆，植树栽葱，都是你的权益和自由。我家的自留地在几里外一面山上的后坡，地面向阳，然土质不好，全是褐黄的礓土，俚语说是块料礓地，每一锨、每一镐插进土里，都要遇到无角无棱、不方不圆、无形无状的料礓石。每年犁地，打破犁铧是常有的事。为了改造这土地，父亲连续几年冬闲都领着家人，顶着寒风或冒着飞雪到自留地里刨刨翻翻，用镢头挖上一尺深浅，把那些礓石从土里翻捡出来，大块的和细小瘦长的，由我和二姐抱到田头，以备回家时担回家里，堆到房下，积少成多，到有一日翻盖房子时，垒地基或表砌山墙所使用；块小或彻底寻找不出一点物形的，就挑到沟边，倒进沟底，任风吹雨淋对它们的无用进行惩处和暴力。

父亲有一米七多的个头，这年月算不得高个儿，可在几十年前，一米七多在乡村是少有的高个儿。那时候，我看着他把镢头举过头顶，镢刺儿对着天空，晴天时，那刺儿就似乎差一点儿钩着了半空中的日头；阴天时，那刺儿就实实在在钩着了半空的游云。因为一面山上，只有我们一家在翻地劳作，四处静得奇妙，我就听见了父亲的镢头钩断云丝那咯咯叭叭的白色声响。追着那种声音，就看见镢头在半空凝寂了片刻之后，一瞬间，又暴着力量往下落去，深深地插在了那坚硬的田地里。而父亲那由直到弯的腰骨，这时会有一种柔韧的响声，像被奔跑的汽车轧飞的砂粒样，从他那该洗的粗白布的衬衣下飞奔出来。父亲就这样一镢一镢地刨着，一个时辰一个时辰在他的镢下流去和消失，一个冬日又一个冬日地被他刨碎重又归新组合着。每天清晨，往山坡上去时，父亲瘦高的身影显得挺拔而有力，到了日落西山，那身影就弯曲了许多。我已经清晰无误地觉察出，初上山时，父亲的腰骨，就是我们通常说的笔直的腰杆儿，可一镢一镢地刨着，到了午时，那腰杆儿便像一棵笔直的树上挂了一袋沉重的物件，树干还是立着，却明显有了弯样。待在那山上吃过带去的午饭，那树也就卸了吊着的物件，又重新努力着撑直起来。然而到了日过平南，那棵树也就又彻底弯下，如挂了两袋、三袋更为沉重的物体，仿佛再也不会直了一般。然尽管这样，父亲还是一下一下有力地把镢头举在半空，用力地一下一下让镢头暴落在那块料礓地里，直到日头最终沉将下去时。

我说："爹，日头落了。"

爹把镢头举将起来，看着西边，却又问我道："落了吗？"

我说："你看——落了呢。"

每次我这样说完，父亲似乎不相信日头会真的落山，他要首先看我一会儿，再把目光盯着西边看上许久，待认定日头确是落了，黄昏确是来了，才最后把镢头狠命地往地上刨一下，总结样地，翻起一大块硬土之后，才会最终把镢头丢下，将双手卡在腰上向后用力仰仰，让弯久的累腰响出特别舒耳的几下嘎巴嘎巴的声音，再半旋身子，找一块高凸出地面的虚土或坷垃，仰躺上去，面向天空，让那虚土或坷垃正顶着他的腰骨，很随意、很舒展地把土地当作床铺，一边均匀地呼吸，一边用手抓着那湿漉漉的碎土，将它们在手里捏成团儿，再揉成碎末，这样反复几下，再起身看看他翻过的土地，迈着匀称的脚步，东西走走，南北行行，丈量一番，在心里默算一阵，又用一根小棍，在地上笔算几下，父亲那满是红土的脸上，就有了许多浅色粲然的笑容。

我问："有多少地？"

父亲说："种豆子够咱们一家吃半年豆面，种红薯得再挖一个窑洞。"

然后，就挑起一担我捡出来的料礓石，下山回家去了。那料礓石虽然不似鹅卵石那么坚硬沉重，可毕竟也是石头，挑起时父亲是拄着镢柄才站了起来的。然他在下山的路上，至多也就歇上一息两息，就坚持着到了家里。路上你能看见他的汗一粒粒落在地上，把尘土砸漫出豆荚窝似的小坑，像落在日头地里的几滴很快就又将被晒干的雨滴一样。我跟在父亲身后，扛着他用了一天的镢头，觉得沉重得似乎能把我压趴在地上，很想把那柄镢头扔在脚地，可因为离父亲越来越远，竟还能清楚地听见他在那一担礓石下整个脊骨都在扭曲变形的咔嘣咔嘣的声响，便只好把镢头从这个肩上换到那个肩上，迅速地小跑几步，更近地跟在他的身后，以免落在黄昏的深处。

到了家里，父亲把那一担礓石放在山墙下边，似乎是彻底地用完了自己的气力，随着那两筐落地的礓石，他也把自己扔坐在礓石堆上。如果黄昏不是太深，如果天气不是太冷，他就坐在那儿不再起来，让姐们把饭碗端将出去，直到吃完了夜饭，才会起身回家，才算正式结束了他一天的劳作。这个时候，我就怀疑回家倒在床上的父亲，明天是否还能起得床来。然而，来日一早，他又如上一日的一早一样，领着我和家人，天不亮就上山翻地去了。

这样过了三年——三年的三个冬天，我们家的那块土地彻底地翻捡完了。家里山墙下堆的黄色的礓石，足够表砌三间房的两面山墙，而田头沟底倒堆的礓石也足有家里的几倍之多。你不敢相信一块地里会有多么多的礓石。你终于知道那块比原来大了许多的自留地，其实都是从礓石的缝中翻捡出来的，也许七分，也许八分，也许有一亩见余。总之，那块田地对几岁的你来说，犹如一片广场，平整、松软，散发着深红香甜的土腥，就是你在田地里翻跟头、打滚儿，也不会有一点坚硬划破你的一丝皮儿。因此，你似乎懂得了一些劳作和土地的意义，懂得了父亲在这个世上生存的意义。似乎明白，作为农民，人生中的全部苦乐，都在土地之上，都根在土地之中，都与劳作息息相关。或者说，土地与劳作，是农民人生的一切苦乐之源。尤其从那年夏天开始，那块土地的边边角角，都经过了彻底的整理，低凹处的边岸用礓石垒了边坝，临路边易进牛羊的地方，用枣刺封插起来，太过尖角的地脑，落不了犁耙，就用铁锨细翻了一遍，然后，在地里扒出一片蘑菇似的红薯堆，一家人又冒着酷暑，在几里外的山下挑水，在那块田里栽下了它成为真正的田地之后的第一季的红薯苗儿。

也许是父亲的劳作感动了天地，那一年风调雨顺，那块田地的红薯长势极好，因为翻捡礓石时已经顺带把草根扔了出去，所以那年的田里，除了油黑旺茂的红薯秧儿，几乎找不到几棵野草。凡从那田头走过的庄稼人，无不站立下来，扭头朝田里凝望一阵，感叹一阵。这时候如果父亲在那田里，他就会一边翻着茂如草原的红薯秧棵儿，一边脸上漫溢着轻快的欢笑。

人家说：“天呀，看你家这红薯的长势！”

父亲说：“头年生土，下年就不会这样好了。”

人家说：“我家冬天粮不够时，可要借你们家的红薯呀。”

父亲说：“随便，随便。”

为了储存那一地的红薯，父亲特意把我家临着村头寨墙的红薯窑中的一个老洞又往大处、深处扩展一新，并且在老洞的对面，又挖了更大的一眼新洞。一切都准备完毕，只等着霜降到来前后，开始这一季的收获。为了收获，父亲把颓秃的镢头刺儿请铁匠加钢后又捻长了一寸；为了收获，父亲在一个集日又买了一对挑红薯的箩筐；为了收获，父亲把捆绑红薯秧儿的草绳，搓好后挂在了房檐下面。工具、心情、气力，都已经准备好了，剩下的就是等待霜降的来降。

阳历 10 月 8 日、9 日，是霜降前的寒露，寒露之后半月，也就是霜降了。可到了寒露那天，大队召开了一个群众大会，由村支书传达了由中央到省里，又由省里至地区和县上，最后由县上直接传达给各大队支书的红印文件。文件说人民公社绝对不允许各家各户有自留地的存在。各家各户的自留地，必须在文件传达之后的三日之内，全部收归公有。

那是 1966 年的事。

1966 年的那个寒露的中午，父亲从会场上回来没有吃饭，独自坐在上房的门槛儿上，脸色灰白阴沉，无言无语，惆怅茫然地望着天空。母亲端来一碗汤饭说：“咋办？交吗？”

父亲没有说话。

母亲又问：“不交？”

父亲瞟了一眼母亲，反问说：“能不交吗？敢不交吗？”

说完之后，父亲看看母亲端给他的饭碗，没有接，独自出门去了。吃过午饭，父亲还没有回来。到了吃晚饭时，父亲仍然没有回来。母亲知道父亲到哪儿去了，母亲没有让我们去找父亲。我们也都知道父亲去了哪里，很想去那里把父亲找回来，可母亲说让他去那里坐坐吧，我们便没有去寻叫父亲。那一天直至黄昏消失，夜黑铺开，父亲才有气无力地从外边回来，回来时他手里提着一棵红薯秧子，秧根上吊着几个鲜红硕大的红薯。把那棵红薯放在屋里，父亲对母亲说："咱们那块地土肥朝阳，风水也好，其实是块上好的坟地，人死后能埋在那儿就好啦。"

听着父亲的话，一家人默默无语。

默默无语到月落星稀和人心寒凉。

盖房

没有谁能想到父亲会下世得那么急快，母亲、姐姐、哥哥及左邻右舍，谁都觉得他走得早了，早得多了，让他的子女们无法接受。但是父亲，他似乎自得了那病的第一天起，就明白了一个道理，那就是对于常正的人，死亡是站在你人生的前方某处，在等着你一日日、一步步向它走近，待你到了它的面前，它能够伸手及你，它才会伸手携你而去。但对于一个病人，那就不仅是你一日日、一步步向死亡走去，而是死亡也从你的对面，一日日、一步步向你跑来。人生就是那么一定的、有限的一段距离，如果时速一定，只有你单向地向死亡靠近，那就需要相对长点的时间，如果你向死亡走去，死亡也迎面向你走来，那你的人生时间就要短下许多。世间上每个人只有那么一段行程，一个人独自走完这段行程的人生是一回事，而有另外一个我们看不见的死亡的黑影，也来抢行你这段路程，那你的人生就是另外一回事。而我的父亲，他一定是很早就明白了这个道理的。他一定因为有病，就在冥冥之中看见了属于他的那段人生行程的对面，也正有一个暗影在向他走来。所以，他作为一个农民、一个父亲，就特别亟须把他认为一个农民父亲应该在人世的所尽之责，无遗无憾地尽力完毕和结束。

那么，一个身为农民的父亲，他活在世上到底应该做完一些什么事情呢？尽到一些什么职责呢？这一点，父亲和所有北方的农民一样，和所有北方的男人一样，和他周围所有做了父亲却最远的行程是到几十里外的县城，倘若能到百里之外的洛阳就是人生大事、就是生命的一次远足的农民一样，他们自做了父亲那一日、一时的开始，就刻骨铭心地懂得，他们最大、最庄严的职责，就是要给儿子盖几间房子，要给女儿准备一套陪嫁，要目睹着儿女们婚配成家，有志立业。这几乎是所有农民父亲的人生目的，甚或是唯一的目的。

我想因为有病，父亲对这一目的就看得更为明晰、更为强烈、更为简捷：那就是在父亲生前，他以为他需要做完的许多事情中，最为急迫的是儿女们的婚姻。

而理想的婚姻，又似乎是建立在房子的基础之上。似乎谁家有好的房舍，谁家儿女就有可能具备理想婚姻的基础。房子是一个农民家庭富足的标志和象征，甚至，在一方村落里，好的房屋，也是一个家庭社会地位的象征。父亲和所有农民一样，明白这一点，就几乎把他一生的全部精力和财力，都集中在了要为子女们盖下的几间瓦房上。盖几间瓦房，便成了父亲人生的目的，也变成了他生命中的希冀。

现在，我已经记不得我家那最早竖起在村落的三间土房瓦屋是如何盖将起来的，只记得，那三间瓦房的四面都是土墙，然在临靠路边的一面山墙上，却表砌了从山坡田野一日一日挑回来的黄色的礓石，其余三面墙壁，都泥了一层由麦糠掺和的黄泥。春天来时，那三面墙上长有许多瘦弱的麦芽；记得那半圆的小瓦，在房坡上一行一行，你在任何角度去看，都会发现一个个瓦楞组成的一排排的人字儿，像无数队凝在天空不动的雁阵。记得所有路过我家门前的行人，无论男女老幼，都要立下脚步，端详一阵那三间瓦屋，像懂行的庄稼把式，在几年前路过我父亲翻捡、扩大过的自留地一样，他们的脸上，都一律挂着惊羡的神色和默语的称颂。我还记得，搬进那瓦屋之后，母亲不止一次地面带笑容给我们姐弟们叙说，盖房前父亲和她如何到二百里外的深山老林，去把那一根根杂木椽子从有着野狼出没的山沟扛到路边；记得母亲至今还不断地挂在嘴上，说盖起房子那一年春节，家里没有一粒小麦，没有半把面粉，是借了人家一碗污麦面粉让我们兄弟姐妹四个每人吃了半碗饺子，而父亲和她，则一个饺子都没吃。还说那一年她试着把白面包在红薯面的上边，希望这样擀成饺子叶儿，能让她的子女们都多吃几个白菜饺子，但试了几次，皆因为红薯面过分缺少黏性而没有成功——而没有做成饺子叶儿的、包了一层白面的红薯面块，就是父亲那年过节所吃的大年饭。

这就是房子留给我的最初记忆，之后所记得的，就是我所看到的，就是那新盖的三间瓦房，因为过度简陋而不断漏雨，每年雨季，屋里的各处都要摆满盆盆罐罐。为了翻盖这漏雨的房子，父亲又蓄了几年气力，最后不仅使那瓦房不再漏雨，而且使那四面土墙的四个房角，有了四个青砖立柱、门和窗子的边沿，也都用青砖镶砌了边儿，且邻了路边的一面山墙和三间瓦房的正面前墙，全都用长条儿礓石砌表了一层，而料礓石墙面每一平方米的四围边儿，也都有单立的青砖竖起隔断，这就仿佛把土瓦房穿了一件黄底绿格的洋布衬衫，不仅能使土墙防雨，而且使这瓦房一下美观起来、漂亮起来，它也因此更为引人注目，更为令众多乡人惊惊羡羡。

这就是父亲的事业。

是父亲活着的主要人生目的之一，也是他觉得必须尽力活在人世的一种实在。要说，无论是现在还是过往，父亲的那种病，都不是让人立等着急的急症、绝症——哮喘病，在今天的人们看来，也无非是头痛脑热之类。但头痛与脑热，却是易于治愈的家常小症，而哮喘却是有可能由小变大，由轻至重，最终转化为无可救治的肺原性心脏病的一种慢性的常见病症。在乡村、在偏远的山区农村，这种病几乎是老年人的必得之症。人过五十、六十，由于年轻时劳累受寒、感冒频繁，有这种病的老人最少占五十岁以上人口的一半还多，而最终因为这种病而离开人世的农民几乎是司空见惯的。不用说，父亲在他的生活中目睹了太多因这种病而撒手人寰的场景。不用说，父亲明白得了这种病，要么借助年轻的体魄和命运，碰巧也就将此病治好还愈了，要么和更多的有了这病的人一样，最终因为此病而谢世。

父亲和别人所不同的是，他得这病时还不到三十岁，自恃年龄和身体的许可，没有太把这病放在心上，病重了就借钱讨几服药吃，病轻了就仍然无休无止地劳作，这样十几年熬煎下来，日日月月，恶性循环，终于在不到五十岁时，每年冬天病情发作，就如七十岁有了哮喘一样。也正因为这样，他就想急急忙忙把房子翻盖起来，想让他的子女们不延不误，长大一个，成婚一个。成婚一个，他也就算了却了他的一份必尽的心愿。

我们兄弟姐妹四个的婚姻，在那个今天已经改村为镇的左邻右舍的目光中，从订婚到成家，他们都认为较为顺利，这除了父母和我们兄弟姐妹的为人本身，与父亲染病挨饿为我们盖起的一间间的乡村瓦屋不无关系。那是仅有二分半地的一所乡村小宅，中央之上，盖三间上房，东西两侧，再各盖两间厢厦，这样七间房子，正留出半分地的一个四方院落：这是豫西农村最为盛行而有些殷实的农家小院。为了盖房，父亲每年过节都很少添过新衣；为了盖房，父亲把房前屋后能栽树的地方全都栽了泡桐、杨树。到了冬天，还在那树苗身上涂上白灰，围上稻草，以使它们取暖过冬。春天来时，他把这些稻草取掉，和让孩子们脱掉过热的棉衣一样，再在小树周围扎下一圈枣刺棵儿，以防孩娃们的热手去那树上摸碰。父亲就这样如疼爱他的孩子样养护着那些小树，那些小树在几年或多年之后，长到中年、老年，就做了我家房上的檩梁。到我家那七间房子全都成了瓦房以后，父亲虽然不是第一个盖筑瓦屋的村人，却是第一个让家里没有草房——包括鸡窝、猪圈——的房主。而且，在我们家的院落里，父亲在他哮喘病已经明显加重的时候，还戴着避寒的暖纱口罩，拉着板车，领着我们兄弟姐妹，蹚过已经封冻结冰的几十米宽的酷冷伊河，到十几里外的一条白涧沟里寻找二三指厚的红色薄片石头，拉回来铺满院子，铺满通往厕所和猪圈的风道小路，使那二分半的宅院，没有见土的地方。每到雨天，街上和别户各家，到处都泥泞不堪，只有我们家里洁洁净净。那样的天气里，我们家院里总是站满了村人邻居，他们在那不见泥沙的院里、屋里，打牌说笑，讲述故事，议论命运和生老病死，把我们家那所宅院和那宅院中围困着的乡村人的人生，当成村落建筑和日子的榜样与楷模。

事实上，那所宅院和宅院中的日子，的确在那片村落和方圆多少里的村落中，都有着被夸大的影响和声誉，对许多农民的日子起着一种引导的督促。可是，只有为数不多的有着血缘关系的亲人们，方才知道父亲为了这些，付出了他的健康，也付出了他许多的生寿。记得最后盖我家东边那两间厢厦时，父亲领着我们，破冰过河去山沟里拉做地基的石头，因为车子装得太满，返回时车子陷在伊河当中，我们姐弟全都高卷起裤腿，站在冰河中用力猛推，不仅没能把车子推动半步，反而每个人的手脸都冻得乌青，腿和脚在水中哆嗦得不能自已。这时候，父亲回过身子，从车辕间出来，把我们姐弟从水中扶到岸上，用棉衣包着我们各自的腿脚，他自己又返回水中，同哥哥一道，从车上卸着一二百斤重的石头，一块块用肩膀扛到岸边，直到车子上的石头还剩一半之多，才又独自从冰河中把车子拉上岸来。父亲从水中出来的时候，他脖子里青筋勃露，满头大汗，手上、肩上、腿上和几乎所有衣服的每个部位，却都挂着水和冰凌。我们慌忙去岸边接着父亲和那车石头，待他把车子拉到岸上的一块干处，我们才都发现，父亲因为哮喘，呼吸困难，脸被憋成了青色，额门上的汗都是憋出来的。见父亲脸色青涨，咳嗽不止，姐姐赶忙不停地去父亲的后背上捶着。过了很久，捶了很久，待父亲缓过那艰难的呼吸，哥哥也抱着一块水淋淋的石头最后从冰河里出来，他把那石头放在车上，望着父亲的脸色说："不一定非要盖这两间房子，不能为了房子不要命啊。”

父亲没有马上说话，他瞟了一眼哥哥，又望望我们，最后把目光投向荒凉空无的远处，好像想了一会儿，悟透并拿定了什么主意，才扭回头来对着他的子女们说：

“得趁着我这哮喘不算太重，还能干动活儿就把房子盖起来，要不，过几年我病重了，干不动了，没把房子给你们盖起来，没有在我活着时看着你们一个个成家立业，那我死了就对不起你们，也有愧了我这一世人生。”

其实，父亲的病是在他年轻时的劳累中得下的，而扎根难愈，却是他在为子女成家立业的盖房中开始的。在我们兄弟姐妹中，我排行最小，1984 年 10 月完婚在那最后盖起的两间瓦屋之后，也便了却了父亲的最后一桩夙愿。于是，没过多久，他便离开我们独自去了，去另外一番界地，寻找着另外一种安宁和清净了。

打

算到现在，我的父亲有二十四五年没有和我说过一句话了。埋他的那堆黄土前的柳树，都已经很粗很粗了。不知道他这二十四五年间想我没有，想他的儿女和我的母亲没有，倘若想了，又都想些啥儿，念叨一些啥儿。可是我，却在二十五年间，总是想念我的父亲，想起我的小时候，父亲对我的训骂和痛打。好像，每每想起我父亲，都是从他对我的痛打开始的。

能记得的第一次痛打是我七八岁的当儿，少年期，读小学。学校在镇上，在镇上的一个老庙里，距家二里路，或许二里多一些。那时候，每年的春节之前，父亲都会千方百计存下几块钱，把这几块钱找熟人到乡村信用社，全都换成一沓儿簇新的一角的毛票，放在他枕头的苇席下，待到了初一那天，再一人一张、几张地发给他的儿女、侄男甥女和在正月十五前，来走亲戚的孩娃们。可是那一年，父亲要给大家发钱时，那几十上百张一毛的票儿却没有几张了。那一年，我很早就发现那苇席下藏有新的毛票儿。那一年，我还发现在我上学的路上，我的一个远门的姨父卖的芝麻烧饼也同样是一个一毛钱。我每天上学时，总是从那席下偷偷地抽走一张钱，在路上买一个烧饼吃。偶尔大胆起来，会抽上两张，放学时再买一个烧饼吃。那一年，从初一到初五，父亲没有给我脸色看，更没有打我和骂我，他待我如往年无二，让我高高兴兴过完了一个春节。可到了初六，父亲问我偷钱没有。我说没有，父亲便厉声让我跪下了。又问我偷没有，我仍然说没有，父亲就在我脸上打了一耳光。再问我偷没有，仍说没有时，父亲便更为狠力地朝我脸掴起耳光来。记不得父亲通共打了我多少耳光，只记得父亲直打到我说是我偷了他才歇下手。记得我的脸又热又痛，到了实在不能忍了我才说那钱确是我偷了，说我偷了全都买了烧饼吃掉了。然后，父亲就不再说啥儿，把他的头扭到一边去。我不知道他扭到一边干啥儿，不看我，也不看我哥和姐姐们，可等他再扭头回来时，我们都看见他眼里含着的泪。

第二次，仍是在我十岁之前，我和几个同学到人家地里偷黄瓜。仅仅因为偷黄瓜，父亲也许不会打我的，至少不会那样痛打我。主要是因为我们偷了黄瓜，其中还有人偷了人家菜园中那一季卖黄瓜的钱。人家挨个儿地找到我们每一个人的家里去，说吃了的黄瓜就算了，可那一季瓜钱是人家一年的口粮哩，不把钱还给人家，人家一家就无法度过那年的日子去。父亲也许认定那钱是我偷了的，毕竟我有前科，待人家走了之后，父亲把大门闩了，让我跪在院落的一块石板铺地上，先噼里啪啦把我痛打一顿后，才问我偷了人家的钱没有。因为我真的没有偷，就说真的没有偷，父亲就又噼里啪啦地朝我脸上打，直打得他没有力气了，气喘吁吁了，才坐下直盯盯地望着我。那一次，我的脸肿了，肿得和暄虚的土地样。因为心里委屈，夜饭没吃，我便早早地上了床去。上床了也就睡着了。睡到半夜父亲却把我摇醒，好像求我一样问："你真的没拿人家的钱？"我朝父亲点了一下头。然后，然后父亲就拿手去我脸上轻轻摸了摸，又把他的脸扭到一边去，去看着窗外的夜色和月光。看一会儿他就出去了。出去坐在院落里，孤零零地坐在我跪过的石板地上的一张凳子上，望着天空，让夜露潮润着，直到我又睡了一觉起床小解，父亲还在那儿静静地坐着没有动。

那时候，我不知道父亲坐在那儿思忖了啥儿。几十年过去了，我依旧不知父亲那时到底在那儿是省思还是漫想着这家和人生的啥。

第三次，父亲是最最应该打我的，应该把我打得鼻青脸肿、头破血流的，可是父亲没打我。是我没有让父亲痛打我。那时我已经越过十周岁，也许已经十几岁，到乡公所里去玩耍，看见一个乡干部屋里的窗台上，放着一个精美铝盒的刮脸刀，我便把手从窗缝伸进去，把那刮脸刀盒偷出来，回去对我父亲说，我在路上拾了一个刮脸刀。

父亲问：“在哪儿？”

我说：“就在乡公所的大门口。”

父亲不是一个刨根问底的人，我也不再是一个单纯素洁的乡村孩子了。到后来，那个刮脸刀，父亲就长长久久地用将下来了。每隔三朝两日，我看见父亲对着刮脸刀里的小镜刮脸时，心里就特别温暖和舒展，好像那是我买给父亲的礼物样。不知道为啥儿，我从来没有为那次真正的偷窃后悔过，从来没有设想过那个被偷了的国家干部是个什么模样儿。直到又过了多年后，我当兵回家休假时，看见病中的父亲还在用着那个刮脸刀架在刮脸，心里才有一丝说不清的酸楚升上来。我对父亲说：“这刮脸刀你用了多年了，下次回来我给你捎一个新的吧。”父亲说：“不用，还好哩，结实呢，我死了这刀架也还用不坏。”

听到这儿，我有些想掉泪，也和当年打我的父亲样，把脸扭到了一边去。

把脸扭到一边去，我竟那么巧地看见我家老界墙上糊的旧《河南日报》上，刊载着郑州市 1981 年第 2 期《百花园》杂志的目录。那期目录上有我的一篇小说，题目叫《领补助金的女人》，然后，我就告诉父亲说，我的小说发表了，头题呢，家里界墙糊的报纸上，正有那目录和我的名字呢。父亲便把刮了一半的脸扭过来，望着我的手在报纸上指的那一点。

两年多后，我的父亲病故了。回家安葬完了父亲，收拾他用过的东西时，我看见那个铝盒刮脸刀静静地放在我家的窗台上，黄漆脱得一点都没了，铝盒的白色在锃光发亮地闪耀着，而窗台斜对面的界墙上，那登了《百花园》目录的我的名字下面，却被许多的手指指指点点，按出了很大一团黑色的污渍儿，差不多连“阎连科”三个字都不太明显了。

算到现在，父亲已经离开我四分之一世纪了。在这二十四五年里，我不停地写小说，不停地想念我父亲。而每次想念父亲，又似乎都是从他对我的痛打开始的。我没想到，活到今天，父亲对我的痛打，竟使我那样感到安慰和幸福，竟使我每每想起来，都忍不住会拿手去我儿子头上摸一摸。可惜的是，父亲最最该痛打、暴打我的那一次，却被我遮掩过去了。而且时至今日，我都还没有为那次正本真切的偷盗而懊悔。只是觉得，父亲要是在那次我真正的偷盗之后，能再对我有一次痛打就好了。在父亲的一生中，要能再对我痛打上十次八次就好了。觉得父亲如果今天还能如往日一样打我和骂我，我该有何样的安慰、幸福啊。

失孝

说起来，我一点都没料到，再过一年半载，到下一个新的农历十一月十三日，我的父亲就已别离开这个活生生的人世二十五周年了。说实话，二十五年来，我没有一次清晰地记起过哪一天是父亲的祭日；而二十五年前，我也没有记起过一次哪天是父亲的生日。当今天坐下写这篇老旧的记忆时，我把“农历十一月十三日”中的两个时数空在纸页上，寄望等以后问清填写时，盯着那两个空格，我才悔悟到对于父亲，我有多么的不孝，才知道我欠下了父亲多少子父的情债。

二十五年前，父亲死后躺在我家老宅上房用门板架起的草铺上，我和哥哥、姐姐们守灵一旁，静静地望着不愿解脱这一切人生苦难的父亲，我决计等把父亲安葬之后，就为父亲写点什么，记叙一些父亲的人生和父亲对人生的热爱，浅表一点做儿子的孝心——哪怕只有三五百字。然果真到了父亲入土为安之后，我携着妻子，从豫西嵩县那个偏穷的田湖小镇回到豫东古都的一座军营后，随着工作，随着我新婚的一些喜悦和我对文学的痴醉热爱，在父亲灵前跪着的浓重许诺，都慢慢地散淡远离。偶尔地记起，我对失诺后良心上淡淡的不安也有自慰的解释：到三周年写吧，三周年是乡俗中一个大的祭日。可过了三年，忽然接到了哥哥的一封来信，说父亲的三周年已经过了，他和姐姐及叔伯弟兄们都去父亲的坟上添了新土，这我才有些慌手乱心，有些措手不及的疚愧。那一天在下班之后，在同事们都离开办公室之后，我独自坐在空荡荡的办公室里，把哥哥的来信放在办公桌上，望着冬日窗外的杨树和流荡在杨树枝条间叮咚的鸟鸣，听着偶留的枯叶在飘落时如擦肩而过的月光的声响，我的泪把哥哥的来信滴湿了好大一片。时间因泪水和不安在我的愧悔中缓缓过去，我就那么静静呆呆地坐着，悔思省过，疚愧不安，直到午饭之后，到了办公楼里又响起上班的脚步声，到了我年满两岁的孩子到办公室来唤我吃饭，我才从静静呆呆中醒明过来。在从办公室回家的路上，望着鲜活的世界，望着走在路上充满生气的人们，我思念着父亲，不停地把头扭到一边擦着眼泪，不停地拿手在我孩子的头上莫名地抚来摸去，不停地对自己说：待父亲十周年时，我若再不为父亲的一生写点什么，为父亲的死做点什么，我就不是他的儿子，我就不得好死！然而，又有许多年头越过之后，我依旧没有想起父亲是哪一天生日、哪一天祭日，也没有记起要为父亲写点什么、做点什么的心跪泪诺，和走在一条干涸的河旁，想不起那河道当年也有水流一样。很有可能，我把父亲的生命忘了，或者说，更多、更多的时候，我把父亲和他的人生从我的记忆中挤出去了许多许多，把父亲的生命、人生看得淡薄而又荒疏，甚至，忘了我身上流的是父亲的血脉，是父亲给了我生命，并把我养大成人，育着我成家立业的。我想，人世倘若果真有报应和应验存在，那么，我对父亲的一再许诺和一再失信，我应该得到什么报应呢？父亲会如何看待我这个儿子呢？会如我发誓的那样，让我得不到好的人生终结吗？会让我有朝一日也离开这个世界后，去面见他时永跪不起吗？

我想会的，因为我对他有太多、太深的不孝。

我想不会，因为我是他亲生、亲育的儿子。再说，今天——我已经坐下写了。坐下写了，我就可以通过父亲的生死，回来省悟这个人世，以直面我的善、我的恶和这个人世上所有生灵的生与死，所有物质的衰与荣；直面河水的干涸，直面树叶的枯落，直面所有的生命从我的生命中消失和再生，再生和消失。

病

父亲是病死的。

在那个几千口人的镇子上，几乎所有的人都知道我的父亲是病死的。哮喘病、肺气肿，直至发展到后来的肺原性心脏病。可是，仔细敲推想来，病只是父亲故逝的表层因由，而根本的、潜深的、促使他过早患病并故逝的缘由，是他对我们兄弟姐妹四个命运的忧虑。或者说，最直接的因果，是对我山高海深、无休无止的担忧。

事实上，我的执拗是父亲陈病复发的根本，是父亲年仅五十八岁就不得不离开人世、不得不离开母亲和我们兄妹的根本因果。换一句话说，父亲可能是——也许本来就是因我而过早地走完了他的人生，是因我而过早地告别了虽然苦难他却深爱的世界。

是我，缩短了父亲的生命。

回忆起来，似乎自我记事伊始，在那段无限漫长的年月里，我家和许多家庭一样，家景中的日月，都不曾有过太为暖人的光辉。那时候，整个中国乡村的日子，都四季春秋地汪洋在饥饿中间。每年春节，吃不上饺子，或者由做母亲的把大门关上，在年三十的黄昏，偷偷地包些红薯面裹一纸白面做皮的黑白花卷馍儿，似乎并不只我一家独有。而在那个乡野村舍，属于我家独有的，是父亲早年的哮喘病在没有治愈时，我大姐又自小就患上的莫名的病症。在我家那二分半的宅院里，姐姐半青半红的哭声，总像一棵巨大蓬勃的树冠，一年四季都青枝绿叶，遮蔽着由父亲尽竭心力创造的日子，冬不见光，夏不见风。现在想来，姐姐的病确实就是今天街头广告上常见的无菌性骨头坏死一类的魔症。然在那时，几十年前，在那个小镇的卫生院，在农村人视如灾难之地的县医院，在如同到了国外一样的洛阳地区的人民医院里，待耗尽我家所有能变卖的粮、菜、树和鸡蛋以及养育牲畜的家庭收入后，换来的依然是如出一辙的医生的摇头和查找不到病因的无奈。为了给姐姐治病，父母亲搀着大姐、背着大姐、用板车拉着大姐四处求医问药，不知走破了多少鞋子，不知走尽了多少途路，不知流了多少眼泪。把家里准备盖房的木材卖了，把没有长大的猪卖了，把正在生蛋的鸡卖了；哥哥十五岁就到百里外的煤窑下井挖煤；二姐十四岁就拉着车子到十几里外的山沟拉沙和石头，按一立方一块五毛钱的价格卖给镇上的公路段和水泥厂；我在十三岁时，已经是建筑队很能搬砖提灰的小工了。在很多年里，把父亲的病放在一边，给姐姐治病是我们家的日月中心。一切的一切，种地、打工、变卖和所有的东奔西波，翻山越岭，都围绕着姐姐的病而喜而忧，而忧而愁。大姐手术时，因买不起血浆，父亲、母亲、大哥、二姐和我就站在医院门口等着抽血。我亲眼看着大哥的胳膊伸在一张落满苍蝇的桌子上，一根青冷白亮的针头，插进他的血管里，殷红的鲜血就沿着一条管线一滴滴地落进一只瓶子里。那只空瓶里的血浆随着大哥的脸色由黝黑转为浅黄，再由浅黄转为苍白便从无到有，由浅至深，到一瓶将满时，医生望着我大哥的脸色说，你们家的血型都合格，再换一个人抽吧。大哥说，我妈身体虚，父亲有病，还是抽我的吧。医生说，抽你妹的吧，你的抽多了身子就要垮了呢。大哥说，她是女娃儿，就抽我的吧。医生说，你弟呢？大哥说，就抽我的吧，弟还小，还要给人打工干重活儿。然后，医生就把插入血瓶里的针头拔下插进了另一个空瓶里。那是一年的冬天，太阳温暖洁净，照在血浆瓶上，瓶里的血浆红得透亮，浮起来的血沫和血泡，在玻璃瓶的壁面里缓缓起落，时生时灭。那一年我好像已经十四岁，也许十五岁，总之，我少年的敏感，已经对命运开始了许久的触摸和感叹，像出生在秋后的芽草过早地望着将要到来的冬天的霜雪样，不及长成身子，就有了浑身的寒瑟。盯着血浆瓶里的鲜血在不知觉中渐渐地增多，听着血液似乎无声而清冷的滴答和瓶壁上血泡在阳光里噼啪的明亮生灭，望着哥哥苍白如纸的脸，我在那一刻，体会到了哥哥的不凡，也隐隐感觉到了，我一生都与哥哥不可同日而语的做人的品性。

那一年，大姐的病没有丝毫的好转。

那一年，春节前后的几日间，大姐为了给家里减些忧愁、添些喜悦，让父母和她的弟弟妹妹过个好年，她说她病轻了许多，然后就躲在屋里不出门，疼痛时，上下牙齿咬着下唇，把脸憋得乌青，也决不哭唤出一点声音。到实在无可忍了，她就躲到我家后院和村外无人的地方，揪自己的头发，把头往墙上猛撞，然后待剧痛过去，她就面带笑容地回到家里，慌忙地替母亲做饭、替父亲盛饭，慌忙地去洗她弟弟、妹妹的衣服，好像要以此来赎回她的什么过错一样。

那一年，我家过了一个平静的春节。仍然用借来的小麦，在大年三十的晚上和大年初一的早上，父亲让我们兄弟姐妹放开肚子吃了两顿非常香口润喉的白面饺子。而那一年的春节，父亲吸掉的烟叶，却比任何一个春节都多，似乎他想把他一生要吸的烟都在春节吸掉一样。

就在那一年，我心里有了浓烈欲动的阴暗蓄意——也许是对逃避生活与人生命运的一种道路的提前铺设，也许是对一种个人挣扎奋斗的提早的力量积蓄，也还许，是我对家庭和父亲在今后日月命运中陷阱的无意挖掘和设置。总之，那一年，我萌生了离开家庭的念头，萌生了过几年我若没有别的出路，就一定要当兵走去的念头。

战 争

事实上，我所产生的不是念头，而是偏狭私欲的信念。念头可以随时地被人说服或自我地改变，而信念却是只能被压抑而不会有所变更的。读完初中的第一个冬天，当我踏入十六周岁后，我悄没声息、不动声色地报名验兵去了。而回到家里，迎接我的是母亲涟涟的泪流和父亲轻淡却意重的几句劝解。父亲说："连科，你再读几年书吧，人生在世，读书才是根本。你命里即使有称宰做王的运数，没有了文化也就没有了久远的江山可坐哩。"这就是我的父亲，他单薄、瘦高，脸上似乎永远都是浅黄的泥土之色。他一生里不识几字，却在他儿女命运的途道上，从来不多说一句，不干预一手，然每每说出的只言片语，却都是乡下农民用人生命运反复实践后得来的悟道真言。

我按照父亲的指引又读了高中，并又按照命运的安排，在高中未及毕业时，去河南新乡水泥厂当了两年临时工，同我的一个叔伯哥哥一道，每天从火车站往二十里外的水泥厂拉一千多斤重的煤车，运将近两千斤重的河沙；以一天十六个小时的双班劳作，在无人的山上给水泥厂运炸矿石。我把我每月少得可怜的全部所得，除了吃饭之后，悉数地寄回家里，由父亲去偿还为姐姐长年治病而欠下的左邻右舍和亲戚朋友的债借与情谊。现在想来，我那时的按月所寄，可能是我家里的巨大希望，是维系家庭生存的强大支柱，是生活之舟渡过岁月之河的一柄可靠的桨板。至少说，它极大地减轻了一家之主——我父亲肩上的人生重担和负荷。可是，在命运告诉我，我有可能让父亲的朋友批准我参军入伍时，在我意识到我已经没有能力考上大学，已经二十周岁，再不当兵就永无机会离开那块苦难的土地去实现我的贪念时，我在一天夜里突然站在了父亲的床前。

我说："爹，我要当兵去。"

屋里静极。常年停电的灯泡吊在屋子中央被蛛网所罗织，煤油灯依然是那个家庭最为主要的角色。油灯光是一种浅黄的土地的原色，照在人的脸上使人永远都呈出病病恹恹、缺给少养的生活神情。我说完那话的时候，母亲从床上坐了起来，怔怔地望着我，仿佛看到了即刻间要房倒屋塌的景象般，她的脸上充满惊异，而又急剧跳荡着不可名状的忧虑。以为母亲要对我从来都没有忘记过的“离家”的念想筑埂拦坝地说些什么，可她什么也没说，只是把目光移山挪地样缓缓地沉落到了父亲的脸上去。我听到了母亲挪动目光时那如山石从梁上滚下轧过田野的声音，看见了父亲抬头望我的那张蜡黄的脸上，除了额门上的岁月之河又深了许多之外，其余，父亲的眼、鼻和时常因激动而发颤的嘴角没有丝毫的变化。那几年，他的病不知是轻了一些，还是因为姐姐病重，显得他的病轻了一样。他坐在床头，围着被子，脸上的平静异常而深刻，听我说想要当兵去，如听我说我要出门赶集，要到姑姑、舅舅家小住几日样，只那么淡淡地看了我一眼，又淡淡地却是极度肯定地说：“当兵去吧，总在家里能有啥儿奔头呢。”

想起来，这是父亲给我的一个庄严的应允，是一个似乎数百年前就熟思熟虑后的答复。仿佛，为了这个答复，他等我的寻问果真已经等了百年之久，已经等得精疲力尽、心力衰竭，所以他才回答得淡漠而又平静，甚至有些不太耐烦。

于是，我便当兵走了。

毅然地参军去了。

与其说我是参军入伍，不如说我是逃离土地；与其说我是逃离土地，不如说我是背叛家庭；与其说我是背叛家庭，不如说我是弃绝一个儿子应该对父亲和家庭承担的心责和情务。那一年我已经二十周岁。二十周岁的我，肩膀已经相当硬朗，不仅可以挑行一百八十斤的担子，而且已经可以把父亲肩上的全部灾难都卸下来驮在背上。可父亲让我有了抵抗命运的力量之后，我便用这样的力量朝父母、家庭并不希望的方向背叛着狂奔去了。体检、政审、托熟人关系，终于我就领到了一张入伍的通知。

终于，我就穿上了那完全是我人生里程碑、分水岭一样的军装。

离开家是在一个寒冷的早晨，父亲最后跟我说的一句话是："连科，安心去吧，家里塌不了天。"父亲说家里塌不了天，可我走后不久，家里的天却轰轰然然地坍塌下来了。1979 年 2 月 17 日，被称作对越自卫反击战的那场南线战争爆发了。那时候，中国军队自中印边境自卫反击战以后，二三十年没有过新的战争，和平的气氛已经如大气层样结在十亿中国人的头顶上，突然地对越宣战，对军队、对百姓都无异于晴天霹雳。褐褐紫紫的惊慌和鲜血淋淋的紧张，自然是不言而喻的。想起来，我是极其的幸运和软弱，在战争爆发的一个月后，因为参加了一个原武汉军区的创作学习班，返回时途经郑州，转道回了家里。未及料到的是，那天落日正西，初春刚来，冬寒未去，在浅薄的一抹红光里，寒凉又厚又重。我是踏着落日入村，又踏着落日走进了家里的。母亲正在房檐下搅着一碗烧汤的面糊，我大声叫了一声母亲，她冷不丁儿抬起头来看见我，面碗在手里僵了一瞬后，便"咣"的一下落在地上，裂成了许多碎片，雪白的面糊流了一地。

说真的，我不曾是个优秀的士兵，也不是一个好军人。我永远都不会渴望战争，更不期冀军人的建功立业。这是二十五年军旅和战争给我的悟感和无法抹去的心灵图景。随着这幅图景的扩延，那天回家后，我看见我那都已白发苍苍的大姑、三姑和小姑，从屋里匆匆走出来，大姐、二姐也含着眼泪出来了，左右邻居也都匆匆地到了我家里。没有人不望着我含着眼泪的，没有人不望着我，脸上浮着因为我的意外归回所带来的激动和欣悦。我的父亲是最后从我家房宅的后院走将出来的。他步履缓慢，仿佛是一个老人，而那个时候，我父亲也才五十二岁，背就忽然有些驼了，原本瘦削的脸上，这时候瘦得宛若只有皮和骨头着。看见我后，他脸上是震惊与兴奋的表情，可在那表情下面，则是掩盖不住的对我突然出现的一层担忧。我不明白父亲会在两个来月里老成这样儿，原本乌黑的头发，骤然间雪雪茫茫地白了一片，且每走几步，他都要费力地站下来大口地喘上几下，如空气对他，永远也不够呼吸样。也就直到这时候，我才知道，在中越战争爆发的一个多月里，我家所有的亲戚老少，通共三十余口人，都回来住在我家，睡在又寒又硬的地上，吃大锅烧就的粗茶淡饭，一块儿收听广播里有关前线的消息，轮流着每天到邮局查问有没有我的来信，偷偷地去庙里，在各种神像的前面烧香许愿，为我祈求平安。而我的父亲，一方面因为战争对我的忧虑，一方面加上家里人多的杂乱，于是，他彻夜不眠，夜夜起床，独自到后院的空地上，盯着夜寒通宵散步。在战争持续的一个多月里，他在那阴冷的后院散步了三十来个夜晚。三十个漫长的夜晚，后院潮润的虚土被他踩得平平实实，要逢春待发的草芽，又完全被他踩回到了地里去。终于，那缠绕父亲多年、好不容易有些轻愈了的哮喘病，在我当兵走后的两个月，它再次复发，而且越发地严重起来。我没有想到，父亲的这次病复，会种下那样不可再治的祸根，会成为他在六年后故逝的直接原因。如果不是亲历，我将永远不会体会到，战争会给平常百姓投下那么巨大沉重的暗影；不会体会到，一个有儿子参军的父亲，会对战争与儿子有那样的敏感和忧虑。当父亲因此故逝之后，在二十余年间，我无数无数次地设想、幻化父亲独自在夜深人静之时，走动在那有三棵桐树、一棵椿树的我家后院，夜是那样的寒凉，天空的星月是那样的稀薄，为了不惊动他人，他漫动的脚步肯定要轻起缓放。那时候他面对脚下千年平和的土地会说些什么呢？土地于他，又会有什么样的感慨和思忖？已经盼了一冬、春天蓄意待发的草芽，又要与我的父亲和我因逃离土地而撞上的战争说些什么呢？二月间，桐树没有吐绿，可喇叭似的粉淡的红花，已经开始了肆无忌惮的绽放，在沉寂的天空，花开的浅红的声响，是不是一个不识几字的父亲、纯粹的农民对深夜絮说的心里的呢喃？不消说，父亲在那寒冷的夜里，走得累了，走得久了，气管的病症使他需要停下来歇息一会儿，于是，他就静静立下，望着浩瀚的天空，希冀从寂静中捕捉到毫无可能的南线的枪声，捕捉到一点豫东那座他儿子所在的军营在战争期间的颤动。那时候，他想了什么呢？他深层的思考，哪怕是一些最简单的疑问，又是一些什么呢？不消说，母亲睡醒之后，看床上无人，会去后院找他。许多时候，母亲也会同他一起在那狭小的空院里走来走去；或者，母亲站在一边，望着父亲的走动，望着父亲在仰望着浩大无言的天空，这时候，这对多难的夫妻，我的双亲双老，他们会有一问没一答地谈些什么呢？关于战争，关于他们的儿子，关于他们眼中的人生、命运及人生在世最基本的生存，还有生老病死和他们儿女的婚姻，哪些是他们最深层、最直接，也最为简单的思考呢？

命运

实在说，别人对命运和生死有那么多深邃的思考，而我的这一思忖，是这么的浅薄和多余。可是，因为想念父亲，我还是常常会对此去重复着呆想傻念。而且这种呆想傻念，很像旧时人们说的乔张造致，很像今天人们说的装腔作势、扮秀演花。可是，不能不想，又想不出对命运有更为深刻、新意的解释。一如学生无法解释 X 或 Y 有什么意义一样，对这些呆想默思，如秋天到了，草叶即便年年飘落，景象重复，可也还是要复落再落。所以，我自己总把我的呆想傻念，说成是虚浮的沉深。我重复地呆想，命运不是因果，命运甚至不含因果。命运是一种人生的绝对，是一种完全的偶然。缓一步说，命运是完全偶然中的因果，是因果中完完全全的意外。是因果之外的因果，是因果之外的偶然的生发，是一种完全无事的生非。饿了吃饭，没有粮食便必有饥饿，这不是命运，这只是人生。冬天来了便要下雪，因为没有火和衣服，人也就活活地冻死在某个冬季。这也不是命运，这是人生因果的一个注释。可是，你本来要往东边去的，不知为什么却到了西边，又踏进了一个坑里，一个井里，腿便断了，人便残了，一生便不能娶妻生子、成家立业了，这也许才含了命运的意味。你本来正在一座山下走着，手捏着刚领到的结婚证书，边走边唱，为明天自己将入洞房的婚喜而高兴，可是，突然从山上无端地滚下一块石头，不偏不倚地砸在了你的头上，你便突然死了，告别了这个世界，结婚证书鲜红艳艳地落在一边，这才是了命运，才是了人生中的命运。还可以举出许多这样的例子，如阳光下突来的闪电雷击所生发的悲惨结局，如一位教授的一句逗乐的玩笑帮他洞开了黑暗的狱门，再如一个行乞者凭空一脚踏出了金银元宝，他正怀抱金银要美梦成真时，一柄寒刀却闪在了他的头顶。是否可以这样说，人生是欢乐和苦难的延续，而命运是欢乐和苦难结束后的重新开始；人生是上行或下行的伸展，而命运是左行或右行的改变；人生是一湖浅青碧绿的水，而命运是无边无际、神秘莫测的海。或者说，人生是风雨阳光中的草，而命运则是镰刀或牛羊的牙齿；人生是蚂蚁无休无止地爬行，而命运则是突然落下的一只大脚；人生是稼禾的授粉或灌浆，而命运是授粉或灌浆时的一场暴雨。还可以怎样说呢？还可以这样地说，人生是过程的话，而命运则是人生的结局，是结局后的结束或开始；人生是舞台上的戏文和演进的话，而命运则是大幕的启闭、始末和戏文的起承与转合。如果说，人生要靠命运来改变的话，而命运则不一定要靠人生来生发，它是无可阻拦的突发和变故。总之，人生是基础，命运是多与基础无关或相关的升华或跌落；人生是积累，命运是多与积累有关、无关的延展和突变；人生是可以丈测的深刻，而命运是不可估量的深邃；人生有许多悲剧，可也常常有着喜剧，而命运则常常是悲剧，似乎永远就是悲剧。再或说，若人生是喜悦，而命运则是眼泪；若人生是眼泪，那么，命运则一定是悲而无声的哭泣；若人生是温馨的哭泣，那么，命运一定是没有眼泪的仰天长啸；若人生是仰天的长啸，那么，命运一定是长啸前突然来到的死亡。

一句话，命运就是人生不可预测的悲喜剧的前奏或尾声，是人生中顿足的忏悔和无奈。

罪孽

无论如何，我的父亲是在战争期间病倒了，是因为我要逃离土地的参军倒下了，而且很快由气管炎发展到了肺气肿。夏天还好，冬天则成了他的苦灾日：终日的剧咳，甚至因为咳嗽、吐痰而使他一连半月不能有些睡眠。似乎不能把父亲的病归罪于南线的那场战争，似乎只能归咎于他的人生与命运。战争是什么呢？战争的形态实质就是灾难，而灾难就是平地生雷或晴天霹雳，百姓又如何能够预知呢？说实在，倘若我知道军旅的途道上等待我的是一场战争，我想我不会那么固拗地要逃离土地去参军服役，不会把一个儿子应该承担的担子义无反顾地全都放在父亲的肩上去。这样儿，剩下的问题就非常清楚了：我完全可以不去服役，完全可以同成千上万的兄弟姐妹一样在土地上耕种与劳作，可是我为什么要去呢？我不去，父亲会在基本病愈多年后复发他的旧疾吗？不复发旧疾，他会在五十八岁就离开这个他苦苦留恋的人世吗？父亲的病疾和故逝，如果说是他的命运造成了他这样的人生，那么，他的命运又是谁给造成的？我在他凄悲、苦难的命运中，是个什么角色呢？起了什么作用呢？这些一目了然的答案，在父亲患病之时和故逝之后的最初年月，我很少认真地去想过、思忖过。事实上，是我没有胆量去思考这些的，是我害怕我必须承担的责任和过错，会赤裸裸地摆在我面前，像学生总是不去看老师在作业上改错后的红笔批注样，我总是绕开这些最直接、简单的问题去，以能有的“孝行”来弥补——实际就是遮掩我一生都无法弥补的过错和罪过。早先，我在哥哥没有给家里装电话之前的十几年里，保持着每月给家里写两封信的勤勉以报平安；现在，通讯发达了，我则每隔三天两天，都给母亲打个长途电话，说些清淡的闲话，保持着那种看似平淡无奇，实则必需的通话联系。离开家乡、离开土地长达三十年，每年春节，我都千方百计要回家过年，哪怕当战士和刚刚提干的初时候，纪律如铁，我也总是假词理由，要在过年时回家陪着母亲熬那大年三十的传统除夕，偶遇实在不能回去过大年初一时，也必要回去过个初五或正月十五。早先时，我回家的其中一件必行之事，是把当年我写的那一大沓母亲整整齐齐收好的报安信件撕毁或烧掉，以免积得过多，被人窥出那其中形式大于内容，甚至有时虚浮大于实在的隐秘。我在拿每月六元、八元的津贴时，每三五个月给家里寄一次钱，在提干之后，每月领了工资，除去伙食与仅有的零用，也都如数地全部寄回家去，以供父亲的吃药和疗病。

按理说，老天爷总是睁着眼睛的，似乎连他睡觉时，也许都还总睁着一只似公不公的眼。这样，他害怕我家的苦难过多而累积成一种爆发的灾难——因为灾难总意味着一种结束和重新的开始，所以他让我大姐饱尝了十七年病苦后缓轻下来，继而，又让我们兄弟姐妹，如接力赛样又开始疯跑在为父亲求医问药的人生道路上。那时候，大哥已经是每月二十六块八毛工资的邮电局的临时投递员，他每天骑车跑几十公里山路投信送报，吃食堂最差的菜、买食堂最便宜的饭，有时候，索性一天只吃早晚两餐，把勒紧裤带节余下的钱送回家里；大姐因身体虚弱，被照顾到小学教书，每月也有十二元的民办工资；二姐除了种地帮母亲洗衣烧饭，也不断去拉沙运石，跟着建筑队干一些体力零活；母亲，还有我的母亲，她比她的任何一个儿女，都更多地承受着几倍的物质上和精神上的压力，上至下地耕作，下到喂猪养鸡，外到每个儿女的婚姻大事，内至每天给父亲熬药倒痰。可以说，父亲的生命，几乎全都维系在吃药和母亲的照料上。所以母亲每天少言寡语，总在默默地承受、默默地支撑。母亲粗略地核计了一下，在20世纪80年代初的那几年，父亲如果哪天有五至六元钱用于药品，那一天父亲的日子就会好过些，如果没有这五到六元钱，他就难熬那一天——因我的逃离而留给他的苦难。可在那个年月，每天有五六元的钱，又谈何容易呢？加之大姐、大哥的婚事，住房漏雨需要翻修和吃盐烧煤的日常开支，家里的窘境，其实已经远远超过大姐病重的时候。

1982年冬，父亲的病越发严重，那时我已经是个有四年服役期的老兵，是师图书室的管理员，家里在窘到极处时，父母想到了我，想到了部队的医院。这一方面，因为部队医院隐含一定的神秘性；另一方面，也是考虑到部队医院可以周旋着免去医疗费。于是，我请假回家去接了父亲。记得是哥哥把我、父亲和母亲送上了一百多里外洛阳至商丘的火车。火车启动时，哥哥在窗口和我告别说："父亲的病怕是不会轻易好了，无论好坏，你都要让父亲在医院多住些日子，是医院都比家里要好。"哥哥说："让父亲在医院多治多住，就是有一天父亲下世不在了，我们弟兄心里也可以少些内疚。"我正是怀着少些内疚的心情回去接的父亲，可天黑前下了火车，到师医院的门口，父亲突然把我叫住，把母亲叫住，说："我从生病以来，没有正经住过医院，这部队的医院正规，设备好，技术也好，咱们火车、汽车，跑了几百里的路程，又没钱付账，如果人家不让住时，你们都给医生跪下，我也给医生跪下。"

当下，我顿时哭了。

我知道，师医院远不如一般的农村县医院的技术和设备，知道父亲的病虽不是恶症，但也是难愈之症，之所以要到千里之外的部队医院，更多的考虑是可以免费。那一刻，我擦着眼泪说：“爹，都给医院说好了，来就能住的。”然后，我把师文化科长帮我在师卫生科开的“需要照顾住院”的介绍信拿出来给父亲去看。父亲望着那信，脸上有了一层兴奋，挂着笑说：“想不到能来这里住院，说不定我的病就该好在这里，要那样你这辈子当兵也就值了。”

不消说，父亲是抱着治愈的极大期望来住院的。在最初的半个月，因为医院御寒温暖，因为他的精神也好，病似乎果然轻了。那半个月的时光，是我这一生回忆起来最感自慰、最感温馨的短暂而美好的日月。因为，那是我这辈子于父亲唯一一次尽孝床头的两个星期。每天，我顶着北风，走四五里路去给父亲送饭，一路上都哼着戏词或歌曲。一次，我去送夜饭时，父亲、母亲不在病房，而我在露天电影场找到了他们，见他们在寒冷里聚精会神地看着电影，我的心里便漫溢过了许多欢乐和幸福，以为父亲的病是果然轻了，慌忙给哥、姐们挂了长途电话，把这一喜讯通告他们。父亲也以为他的病有望再愈，在看完电影回来之后，激动而又兴奋，说他多少年没有看过电影了，没想到在冬天的野外看了一场电影，也才咳了几次。

然而，三天后下了一场大雪，天气酷寒剧增，父亲不吃药、打针就不能呼吸，而打针、输液后，则呼吸更加困难，终于就到了离不开氧气的地步。于是医生就催我们父子尽快出院，一再地、紧锣密鼓地促催着出院，害怕父亲在医院的床上停止呼吸。父亲也说："不抓紧回家，怕'老'在外边。"这就结束了我一生中不足一个月的床头尽孝、补过的日子。

回到家，农村正流行用十六毫米的电影机到各家放电影的习俗，每包放一场十元钱。电影是当年热遍天下的《少林寺》，我们一家都主张把电影请到家里，让父亲躺在床上看一场真人能飞檐走壁的《少林寺》。看得出来，父亲也渴望这样，可把放映员请到家里时，母亲又说："算了吧，有这十块钱，也能让你父亲维持着在人世上多活一天呢。"这样儿，我们兄弟姐妹面面相觑，只好目送着那个放映员和他的影片，又走出了我家大门——这件事情，成为我对父亲懊悔不迭的失孝之一，每每想起，我的心里都有几分疼痛。给父亲送葬的时候，我的大姐、二姐都痛哭着说，父亲在世时，没能让他看上一场（仅一场）他想看的电影，然后她们都以此痛骂她们的"不孝"；我看见哥哥听了这话，本已止哭的脸上，变得惨白而又扭曲，泪像雨注样横流下来。于是，我就知道，这件事情在我哥哥和大姐、二姐心里，留下懊悔的阴影也许比我的更为浓重。而独属于我的顿足的懊悔，则是在 1984 年国庆，我没有给新婚的妻子买一套衣服，没有买一样礼物，我用借来的一百二十元钱打发了我的婚事，打发了妻子一生仅有一次的婚姻。当我领着毫无怨言的妻子第一次回家看望父母时，正赶上中秋突来的暴寒阴雨，父亲突然病危，使家里一天一夜慌乱不止，请医抓药，输氧熬汤，一家人不敢离开病床半步。那一夜阴雨刚过，天空有些放晴，我家上空的星月清冷而又稀薄，屋子里充满了寒凉和对父亲的担忧，大家连走路说话都慢步轻声，似乎生怕惊了父亲微弱的呼吸和细弱的魂魄。终于到父亲的病情有些缓解，大夫把我和母亲叫到另外一间屋里，说父亲的身体太虚太弱，需要一些贵重药品的滋补，问："家里还有钱吗？"母亲摇头。而我这时，把头深埋在自己怀里，很久没有一句言语。望着我们一家，大夫长叹一声，以他特有的职业语气说："只要二叔（我父亲）活着，你们家怕不会有好日子过；你们家要日子好了，二叔也能多活几天。"不知道这位在父亲生病期间尽心尽力的乡村大夫，那时候是对父亲生命将尽的判断，还是对我家——世界上一个普通农民家庭生存的一种总结。说完，他们就又到父亲床前去了，而我却不知为什么站在那儿没动。站在那儿，脑子里嗡嗡嘤嘤，似乎从大夫的话里，预感到了一种不祥。说不上在那儿站了多久之后，我独自从屋里出来，孤零零地立在寒夜里，抬头望了一下冰色的天空。突然，我的脑子如天裂样滑过一个念想，那可怕的念想如流星样一闪而失，带着轰鸣，带着剧烈的光电，在我的头脑砰然地炸响——我一点都不知是为了什么，完完全全是猝不及防，我脑子里又重复了半句大夫说过的话："只要二叔活着，你们家就不会有好日子过……"我如果把大夫那完整的一句话重复完整也就好了，如果把这话里存储的别的含意想想也就好了，可当时，那半句话在我脑际戛然而止，如冰冻样结在了我的脑际。明确说，停在我脑里的不是那话，是那话最直接的含意——“只要父亲在世，我们家（也许就是我）就不会有好日子过。”或者说，那含意就是我对父亲故逝的一种预盼，对父亲长年有病受到拖累的一种厌烦，一次逆子私欲的无意识表白。那时，当我立马意识到我脑里闪过大夫那半句话里，似乎有“我希望父亲早一天离开人世”的含意，似乎“想以父亲的死来换取我们家（我）的好日子”时，我顿时木呆震惊，身上有了一阵冰冷的哆嗦，叮当着从我头上朝脚下轰鸣响去。仿佛害怕父亲能够听到我的念想，害怕母亲和哥、姐们突然出来，看见我内心的罪过和卑劣，我慌忙从院落往宅后的空院躲去。那所空宅院落里，那所父亲在我当兵后因每夜走动而再次染疾的空院里，潮湿而阴暗，寂静而神秘。多半落叶净尽的桐树和椿树，淡影婆娑，梢叶微动；浓厚的湿气和腐气，有声有响地在空院里滚去滚来。立在那空院的中央，我仿佛被孤零零地推到了寒夜里无边无际的山野或海的中间，浑身都漫溢着孤独和寒凉。想着我那一瞬间产生的卑劣、罪过的念想，为了惩戒我自己，我朝我脸上狠命地打了一耳光，接下来，又用右手在我脸上、腹上、腿上往死里拧着和掐着……

然而，一切都来不及了。老天好像要让我自己给自己的心灵上留下永久的惩罚样，他行使了他权力中的召唤和应验，在我对我父亲有了那一念之间的罪恶想法的两个月后，便把我的父亲召唤去了。让我的父亲，永远地离开了母亲，离开了我们兄弟姐妹和他的那些如亲子样孝顺的侄男和甥女，及他苦恋着的这个活生生的人世和乡村。

清欠

现在，可以清算一下我所欠父亲的债务了。

可以由我自己对我自己实行一次良心的清洗和清理了。先说一下我没有花那十元钱让父亲看一场他想看的电影《少林寺》，当时，我身上是一定有钱的，记得回到豫东军营以后，身上还有十七元钱。就是说，我完全有能力挤出十元钱，包下一场电影，让父亲生前目睹一下他一生都有些津津乐道的“飞檐走壁”的那种神话和传说。为什么没有舍得花那十元钱呢？当然，是小气、节俭和当时的拮据所致着。可是，更重要的是些什么呢？是不是从小就没有养成那种对父亲的体贴和孝爱？是不是在三岁、五岁，或者十几岁时，父亲倘若从山上或田里收工回来，给我捎一把他自己舍不得吃的红枣，或别的什么野果，我都会蹲在某个角落，独吞下肚，而不知道让父亲也吃上一颗两颗呢？我想是的，一定就是这样。因为自我参军以前，我从来没上街给父亲买过一样吃的、一样穿的；甚至，从田里回来，也没有给父亲捎过一穗鲜嫩的玉米。我倘若不是那种私欲旺极、缺少钟爱他人之心的人，在有能力给父亲花十元钱的时候，我为什么没有去花呢？人总是这样，在来不及的时候才明白，在不需要的时候才会大方和无私，在一片推让中才会无私和慷慨。毫无疑问，我也是这样的人。是那种天冷了首先要自己穿暖、天热了首先要自己站在树荫下面的人。这样的人，无论对谁，包括自己的血缘父母，都有一个先己后他的顺序，先己时不动声色，后他时张张扬扬。而且张张扬扬还在先己后他的掩盖之中。仔细想想，我确凿就是这样。当时没有替父亲包下那一场电影，最为直接的原因就是没钱，可没钱为什么回到部队后，身上还余有将近二十元钱呢？如果自己自幼就是那种爱父母胜过爱自己，是那种肯把父亲的吃穿、喜好放在自己心上的人，我会不包那一场电影吗？为什么到了父亲死去之后，才来懊悔这件事情呢？这不也正是要把自己冰冷了的善、爱穿上一层棉衣吗？把自己善、爱的燥热，表白着放在浓荫下的风口朝四处张扬吗？至今我都认为，一个人可以对他人在任何方面缩手退步，而绝不能对自己的父母、对与自己一切有血缘关系的兄妹、子女，在任何时候退步缩手，哪怕是死，或去流血。然而，我却没有这样去做着。

其次的第二笔欠单，就是自己执拗地服役、执拗地逃离土地，从而在别人以为一切都合乎情理中改变了父亲的命运，使父亲愈疾复发，六年后就别离了这个他深爱的世界。这是我永生的懊悔，永生又可以用许多生存、前途和奋斗的理由来搪塞、来辩白的事情。正是我自己总是这样地搪塞与辩白，正是不敢直面、正视是我的行为导致父亲过早下世的根本缘由，也才出现了父亲死前不久，在我头脑里下意识地“只要父亲活着，我们家（我）就不会有好日子过”的罪恶的念想。这是我对父亲的第三笔欠单，是无可辩白的罪孽。甚至，是上天行使应验的权力，召回父亲的最好依据。那么，我的父亲，他在生前知道这些吗？他先我们一步体验了生，又体验了死，他死前究竟想了什么呢？人们随时可以体察生的感受，却永远只能揣猜死的意含。死亡，到底是一种对生的惩治，还是对生的超度？也许，既是惩治，又是超度；也许，既不是惩治，也不是超度，仅仅是一单纯的结束。有的人，享尽了人间富贵，因此他才留恋今生，恐惧死亡；也有的人，正因为享尽了拥有和富贵，他才能与死亡谈笑，面对结束如超度一般地轻松与自如；还有一种人，因为受尽了人生的苦难，才体味到了死是一种真正的新生，才真正地把死亡视若超度而企盼，而实践。可是我的父亲，他既不是前者，也不是后者。他留恋人生，是因为他受尽了苦难；因为他受尽了苦难，他才加倍地体味到了生的意义和生中的细微的欢乐。春天，他可以把口罩戴在脸上，坐在温暖的院里，抵抗着最末一丝的冬寒，望着门口行人的脚步，以此恢复他在病中忘记的乡村的模样和记忆；夏天，他可以在门口、村头、田野慢慢地走动，观看庄稼的生长、鸡狗的慵懒，以此来重新感受这世界的存在和存在的温馨；秋天，他可以坐在避风的哪儿，守着母亲淘晒的粮食，望着从天空南飞的雁阵，慢慢回忆他种过的田地、收过的庄稼和他纯属农民的人生与经历；就是到了冬天，到了他人生的寒冬，北风呼啸，他呼吸困难，也可以围着侄男甥女为他生的火炉，或躺在床上母亲和姐姐们特意为他加暖的被里，端着我那知情达理的嫂子为他熬的汤药，望着方方和圆圆，他的一对同岁的孙女和外孙女，看她们嬉戏，看她们争吵，借以享受亲情和血缘所带来的天伦的欢乐。他为什么不留恋这个世界呢？地里的田埂还需要他去慢慢地打上一段；邻里的争吵，还需要他去说和与调解；子女们成家后的生活烦恼，也还需要他坐下去劝导与排解；就是孙子、孙女、侄孙、侄孙女们，也还需要他拉着他们在门口玩耍着长大。

他真的是没有过早离开这个世界的理由，没有不留恋这个世界的理由。对于父亲来说，对于一个农民来说，只要活在这个世上，能同他所有亲人同在一个空间里生活和生存，苦难就是了享受，苦难也就是了欢乐。我的父亲，他清明洞白了这一点，体会了这一点，因此，他把死亡当作了是上帝对他的惩戒，可又不知道自己本分、谨慎的一生，究竟有哪儿需要上帝的惩戒。所以，知道自己将告别这个人世时，他长时间地含着无奈的眼泪，最后对我的哥哥用企求的口吻说：“快把大夫叫来，看能不能让我再多活一些日子……”对母亲最后的交代，也就是了他的遗嘱，他说，“老大、老二媳妇都在城里工作，都是城里的人，可我们是农民，在乡下惯了，我死后你就一个人在农村过自己的日子，到城里你会过不惯的，过不好的……”而父亲对我说的最后一句话则是：“你回来了？快吃饭去吧。”这是1984年农历十一月十三日的中午，我在前一天接到父亲病危的电报，第二天中午和妻子赶回家里，站在父亲的床前，他最后看了我一眼，眼眶里蓄满泪水后，对我说的最后一句话，也是对这世界说的最后一句。仿佛就是为了等我从外地回来说下这一句，仿佛就是父亲不愿和我这样的儿子相处在同一空间里，所以父亲刚刚说完这话不久后，他就呼吸困难起来，脸上的凄楚和哀伤，被憋成了青紫的颜色。这时候我便爬上床去，把父亲扶在怀里帮着大夫抢救，可当父亲的头倚恋在我胸口的时候，当父亲的手和我的手抓在一起的时候，我的父亲便停止了呼吸，把头向外猛地一扭，朝我的胸外倒了过去。然后，他把抓我的手也缓缓松开，两行凄清的泪水便从眼里滚了下来。试想想，父亲不留恋这个世界，他会在他生命的最后流出那凄清的泪水吗？可留恋这个世界他为什么又要走了呢？走前为什么要把头从我的胸前躲出去，要把抓住我的手松了开来呢？这一切，不都是因为他的头贴在我胸前时，听到了我心里曾经有过的“只有父亲下世，我们才有好日子过”那一瞬恶念的回音吗？

将人比物说——世物中有种昆虫，在生下儿女之后，要以自己的血肉之躯为食粮，来把儿女的幼年养育至成年。这样喂养的生命景观，展示了什么样的生命意义呢？还有一种毛色黯淡的狼，有食时可以与父母共同享用，然只要七天饥饿，四处找不到食物，它就要把年迈的父母残酷地吃进肚里，而做父母的这个时候，望着儿女把自己咬得鲜血淋淋，也不会吼叫与还口。想一想，我是不是那蚕食父母的昆虫和以年迈的父母为食的残酷、饥饿的野狼呢？即便不是，身上不也藏着那样的恶端品性吗？从不花十元钱去为父亲包一场电影那样的日常细节到一味地要逃离土地，因此改变父亲命运的执拗行为；再到敢于产生恶念的内心，我到底算一个儿子吗？算个儿子又是什么样的儿子呢？是不是我在经过了这次忏悔和清理之后，面对父亲我就能经得起良心的最后质询呢？我不止一次地想过、算过了，我欠父亲的债务不是钱，不是物，而是因恶而欠的生命和命运。算一算，我的大伯活了八十二岁，我的三叔也已将近八十岁，去年故去的四叔，死时也已六十九周岁。以他们弟兄的平均年龄来核算，我父亲的生命如果应该有个平均值，那么，他至少应该活到七十五到七十六岁间，可是，父亲死时却只有五十八周岁。这样说，我所欠父亲这十八年的生命债务，我如何才能偿还呢？村里有人和父亲是同样的病，同样的病症也活到了七十六周岁，如果父亲这样的疾病，没有因我而发，焉何知道他就活不到七十六岁、活不到八十周岁呢？

结去

现在，父亲坟上的柳幡都已长成了树木，二十多年的时间里，生活中发生了许多事情，唯一不变的就是父亲的安息和我对父亲永远不能忘记的愧疚与想念。不用说，父亲安静地躺在阎姓的祖坟中，是在等着他儿子的报到和终归。安葬父亲的时候，我的大伯在坟上规划坟地位置时，把他们叔伯弟兄四个的安息之地划出了四个方框后，最后指着我父亲坟下的一片土地说："将来，发科（我哥哥）和连科就埋在这儿吧。"

现在，我已经明明确确地知道，在我老家的坟地里，有了一块属于我的界地和去处。待终于到了那一天，我相信我会努力去做一名父亲膝下的儿子与孝子，以弥补父亲生前我对父亲的许多不孝和逆行。

别的话，没有什么要说了。

第三章

大伯一家

人物

毫无疑问，我的大伯是个农民。可他在我心里，却决然的是个人物。从生命与生存而言，这个人物堪说伟大，或者杰出。

每每见到我的大伯，或在他死后想到他的音容，我常有一个念头：倘若大伯不是一生都为生存和子女们奔波缠绕在那块土地上，倘若他有机会和那些投奔延安的革命者一样，远走几步，汇入那场革命的洪流，我想，以他的秉直和勇气，以他对生存和生命的认识，那是一定能被洪流卷铸成师长或者军长的。

如果再识字，大伯的前程更是无可限量的。

我没有想到过父亲的前程会是什么样，但我总是想，大伯在我家乡那块土地上，生儿育女，日夜劳作，而最终让病魔缠身，消亡在那块贫薄繁乱的一隅，实在委屈了大伯的生命和性格，委屈了他的才能和活着的韧性与坚定。

织洋袜

小时候，记忆最为深刻的，约是20世纪60年代初，大伯家里有八个孩子，六男二女，加上大伯和我大娘，共是十口之家。那时候，中国刚从所谓的“三年困难时期”中一梦醒来，饿死的千万人口还尸骨未寒，坟墓上的缕缕野草，都还未及因为荒芜而掩住那堆堆的黄土，大伯就开始忍着饥饿，挑着他的织洋线袜子的机器，到山区去大步小步，走街串巷，在一庄一街的村头，在一户一户人家的门口，放下他那为生存而沉重的担子，擦着额门上的汗珠，扯着喉咙高声大唤：

“织袜子啰——”

“织洋袜子啰——”

不知道大伯是如何领着我的大娘和他们一溜儿的子女，安然地度过“三年困难时期”的。村里的老人们常常向后人述说，他们因为饥饿去村头挖吃黄土的人生；说他们如何用斧头菜刀，去剥砍树皮熬汤的经历；说村里每一张脸和每一双腿首先浮肿的人，腿上脸上都如塑料薄膜的袋子装满了水；说山坡上饿死者的坟茔，也一个挨着一个了，且因为人饿得没力气，所有的坟都挖得特别浅。

现在，我的大伯已经去世了三年。八十岁的大娘，也因糖尿病和小脑萎缩等，变得沉默于世，言语不清。我后悔，没有在还来得及时，去寻问他们在那特殊的三年岁月里，是如何带着一群孩子，熬过了那整个中国都在超越极限的极度饥饿中的一千多个日日夜夜。我想，我错过的不仅是一场纪实的答问，一定还是一场泱泱大国的农民为了生命和亲情，和所谓的自然灾害用活着的信念，去抗争饥饿与死亡的一部生命的史诗。而今，我的脑海里，没有多少大伯为他和一家人活下去而抗争和忍耐饥饿的画面与细节，但却总是响着大伯那沙哑而洪亮——为了一家人活着，并尽力让子女们吃饱肚子在山脉上和无数村头——的大叫：

"织袜子啰——"

"织洋袜子啰——"

大伯的那架由许多齿轮、钢架、挂针、挂锤和摇把组成的机器，只要把机织的纺线四通八达、有秩有序地缠缠绕绕，绞动摇把，就能织出大大小小、长长短短的袜子来。因为那机器源自外国人的发明制造，因为织袜子的白线必须是机织的洋线，而非乡村民间的那种笨机的手纺线，所以那织袜机就叫了洋袜机，那袜子就叫洋袜子。随同那时被称为“洋”货的，还有洋火（火柴）、洋钉（铁钉）、洋灰（水泥）、洋车（自行车）、洋镐（铁镐）等一系列与外国人相关的日用品，因为一个“洋”字，就有了时尚和品质，有了与众不同的风尚和气度。也所以，大伯织洋袜子的机器和手艺，自然是远近闻名，遐迩知晓，他不仅每年冬天都挑着担子到东西两山的深皱中，为那些连买个铁钉都要跑几十里山路的农民织袜子，就是到了年关将近，他不跑山里，也要把那机器架在村头或者大门口，为路人和同村的邻人们，织些白筒洋袜子。

当然，给同村人织袜子，大伯一般是不收费用的，也不要任何别的物换与报酬。他所收的或还的，只是世间人情和乡里之间为生存彼此的扶帮和照应。只有到了给陌生的路人织袜时，他才收取些微的零用以补年关的家缺。

我替大伯绞过那织袜的机把儿，沉重沉重，叽叽作响，织一双袜子下来，胳膊便有了胀裂的酸疼。可是，大伯却用他将近十年的时间，挑着那副担子，绞着那沉重的把儿和他与子女们生命存活的本基，每次天不亮就挑着机器出村，三天五天后的落日时分，又挑着担子回到村子里。

大伯离开村子时，担子的一边是那沉重的机器，一边是较轻的洋织白线和他的粗谷干粮。因为这轻重不均，他的扁担在肩上就总是一端要长些，一端要短些。然而大伯回来时，他的担子有些均衡了，扁担的中部差不多移搁到了肩膀上。原来一端的那些白线没有了，干粮也尽了，可装干粮、白线的布袋里，会装上半袋黄玉米、红薯干和一些大豆、绿豆什么的——这是他为人织袜子的换取和报酬，是我那些叔伯哥哥、弟弟、妹妹们的口粮和生存。然而我和我的叔伯兄弟及姐姐妹妹们，那时并不怎样看重那条帆布袋里的粮食与杂谷，而是更为切切地看重大伯用手捂着的他的上衣口袋里的东西。

尤其那时的我。

大伯多是在春秋天穿一件有许多补丁的黑夹袄，在寒冬腊月里穿一件棉花已经洗过变污的旧棉袄。那棉袄的套棉总是因破洞而露在棉袄外。可大伯那挑着的布袋却总是没有烂，里边的粗粮和杂谷，大伯也从来没有让它们掉出过一粒和一片。大伯的棉袄口袋是经常要破的，然大伯一发现口袋破了就让大娘抓紧缝。什么都可以破损出漏洞来，但那棉袄口袋是一定不能的。因为每次大伯出门几天回来时，一定会给他的儿女和我们这些他的侄男甥女们，捎回一些好吃的。那好吃的就总是装在他的棉袄口袋里。

好吃的一般都是以下几样今天已经见不到的食品和糖果：食品是一种黑硬却又发脆的面饼干；糖果有两种，一种是用油糖纸包的小糖儿，一种是白色糖豆儿。糖豆儿和今天的黄豆样，雪白色，圆圆的，装在大伯的口袋如装着一袋人生甜胃的药粒儿。大伯在外出三天后，我们就开始惦记大伯了。惦记大伯口袋的糖豆儿了。三天后的落日至黄昏到来的那段时光里，我大娘总是站在她家门前的路口上，把手棚在额上瞅着等大伯。

第三天没有回。

第四天没有回。

第五天的那个时候里，太阳暖黄，村头上铺着落日和枯色，大娘在村口等大伯，但第一个看见大伯回来的，一般不是我大娘，而是我们兄妹中的哪一个，是想糖豆儿或饼干想得有些急不可耐的我的哥们和弟们。谁在哪儿唤一声："大伯回来啦——"大伯就果然回来啦，疲惫地挑着担子，拖着身子，从村外走进村里面。可在他走进村里时，看见他的一群孩子和一群侄男甥女时，他虽然疲惫无力却是脚步加快了，脸上有了光色了。他朝我们走。我们朝他迎。就把大伯围在路中央，他便从口袋摸出一把糖果或是糖豆儿，种瓜点豆般，朝一片伸出的又脏又小的手掌上，一个一个地放着或分着。

我每次都把手伸在那一片小手中，每次都能不虚此行地得到我想吃的糖果和糖豆儿。大伯把糖果和糖豆儿分完了，发完了，我们都如获至宝地品味着那糖豆儿、糖果和生活。大伯便脱掉他的一只鞋，席地坐在鞋上看着我们这些他的孩子们、侄男甥女们，看着我们把那些糖果吃完后，将糖纸叠成各种各样的三角或方块，再或把糖纸当成蝴蝶和蜻蜓，用嘴吹着，用手赶着，让那些糖纸在落日的天空下，五颜六色地翻飞和起舞。这时，是大伯最感温暖，也许是最感人生意义的时候吧。他端端地坐在村口里，坐在土地上，坐在人生中，脸上的喜悦和光色，浓淡相宜着，任你有多少疲劳和尘土，也盖不住他那时的兴奋和惬意。

大伯爱生活，爱孩子，爱他的一群侄男和甥女。他每次分糖果、糖豆儿和黑硬坚脆的饼干时，都要先看一眼他身下的孩子们，依着血缘的关系，虽然每个孩子分的都是一样多：糖果是一个，糖豆儿是两粒，饼干是一块，可他分配的顺序却是经了深思深虑的。他总是先分给他远门的侄男甥女和邻人的孩子们，再分给他近门的侄男甥女们——主要是我和二姐及我叔家的孩子们，最后再给他自己亲生的那些孩子们。因为每次分配都不够，往往到最后没有糖果食品了，我们欢天喜地地吃着和闹着，我大伯家的那些孩子们——我的至亲的叔伯兄弟和妹妹们，就只能眼睁睁地看着我们吃，看着我们闹，看着我们把那彩色的糖纸，吹着捧着在那天空里纷飞和舞蹈。

后来，每次大伯回来，我都不再挤着身子去要那些糖果、糖豆儿了。因为，我终于每次都窥视出一条规律来：大伯带回来的糖果和糖豆儿，从来没有够分过。而最后必须有人不吃的，就必然是他的那些亲生的孩子们——我的那些叔伯兄弟和妹妹。于是，每次再分糖果、糖豆儿时，我就和这些叔伯兄弟们站到一块儿，等待最后的分发和缺无。

有一次，果然是人头和小手没有分完就没了。我和大伯家的孩子们站在一块儿，看着别人吃，看着别人把糖纸放飞在半空如放飞的巧小的风筝般，不知为何眼里竟就含了委屈的泪，这时大伯看见了，过来摸着我的头，摸着我的脸，像他做了一件最为对不起我的事，竟然也自己红了眼圈儿，用喑哑的嗓子，在苦笑中对我郑重地说："下次大伯回来，在街上多买些糖果，最先分给你。别人不吃也最先分给你。"

偏爱

那一年，我上学读书了。

成了希望和学生，可依然惦记着大伯每次出门织洋袜子回来时，会在街上的商店买些糖果、糖豆儿放在他的口袋里。然而着，他是第三天回还是第五天回，那是没有确准的；是落日时到家还是黄昏前出现在村口上，也是没有确准的。

渐渐地，因为上学读书，我就吃不上大伯的糖果、糖豆儿了。

我似乎忘了每过几天大伯会给我们分发糖果、糖豆儿的事。可是有一天，在我放学踢着路边的石子和弹着手里的玻璃球儿回到村头时，忽然看见一群人云在路中央，大伯织洋袜子的机器放在路边上，它沐浴着落日的余晖，像一尊生活的纪念碑。

我慌忙朝那人群走过去。

走过去，我又怯怯地站在了人群边。我想起我是一个读书的学生了，似乎不该去争吃那些本不够分的糖果、糖豆儿，便木然在那一片伸在半空的小手外。这时候，大伯看见了我，看见了我背在肩上的小书包，他拨开那片小手儿，走出他的侄男甥女和他亲生的比我更小的几个孩子围成的人圈儿，到我面前说："你上学读书了？"

我朝大伯点点头。

大伯说："好好读。大伯不识字，在外边织袜子时，连算账都要想半天。"

说着话，大伯把他口袋里全部的糖果、糖豆儿和饼干，都掏出来用手捧着给了我。看我的小手盛不下，他又从我头上摘下我的帽子，把那些糖果、糖豆儿，一粒不剩地放进我的帽子里，让我捧着帽子回家了。

那一次，我一人拿走了大伯给许多他的至亲子女们买的糖果和糖豆儿，花花绿绿，能盖住我的帽子底。走出那一片我的兄弟姐妹艳羡和妒忌的目光时，我没有回头望一下，也没有打算要分给别人一颗或一粒。我知道，那是因为我上学读书，成了学生，大伯给我的，完全属于我一人的，属于读书了的一个学生的。我要慢慢地品尝和享用，就像今天在我人至半百，去回味品尝三年前我死去的大伯漫长的人生样，至今我都还感到那糖果的甜味和人生命运无穷无尽的酸涩味。

爆发

生养了儿女，就要让他们尽可能地吃得饱一些、穿得暖一些，让他们在生长的阶段里，能读一些书，并尽量不因为饥饿，影响他们的发育和成长，这是我的父辈在那个年月里的人生信念和活着的目的与目标。

当然，我大伯亦是如此。

大伯家做饭的那口大锅，大约是我们村里最大的饭锅了，锅口的直径约有一尺八。因为孩子多，煮饭时水都要添到锅口上。就这样，只要节气按部就班来到了，或者遇着别的喜事了，需要改善一下生活什么的，那口大锅也会显得小起来。因为节气或喜悦，那餐饭煮得一定不够吃。可所谓的改善生活，也就是做上一锅汤糊面——我家俗称为糊涂面——把粗粮玉米生糁儿和手擀面条及青菜、盐油放到一块儿地大锅煮——这样就叫改善生活了。因为面条和青菜比往日放得多，因为明油也放得多一些，因为那面条大锅中，也许还放了几块肉或炸过油的猪肉油渣儿。

就这样，那饭好吃了，锅也显小了，孩子们都说没有吃饱肚子锅怎么见底了。这当儿，大伯多是坐在他家上房的门槛上，或是大门口的某块石头上。往常他都是要吃两碗、三碗才会饱，到了饭好时，他多半都是只吃一碗半碗就说他饱了，不吃了。大伯要把那好吃的留给他的孩子们。

孩子们就终于在饥饥饱饱中，一个个地长大了，虽然每个人身上穿的都是破衣服，每一个孩子读书都没有书包背，都是把课本夹在胳膊弯儿里。每一个人，遇到雨天都没有胶鞋穿，又不能雨天穿布鞋，就只能光脚踩在泥水里。有时候，脚落下去时泥泥水水，从那泥水中尖叫一声抬起时，却是鲜血淋淋的。红艳艳的血水从脚底板上冒出来，如从水管中炸了出来样——光脚踩在泥水中的碗片、玻璃上是最常有的事。

还有，酷冬严寒的到来，冰天雪地封住了豫西的山山脉脉，天冷得连空气都成了冰青色，各家各户都猫在家里烤着火，大伯家里孩子多，一个火盆围不下，生两个火盆又太过奢侈和浪费，这时候，我大伯就躲在一边上，让他的子女们围着火盆取暖儿。

八个子女，也只能是轮流着你到火盆边上烤一会儿，他到火盆边上暖一会儿。

一年年的整个冬季，我每次见到大伯，他都是把双手袖在棉袄袖筒里，从来没有见过他戴手套，或者戴那种我家乡才有的用布和棉花做成的如袄袖样替代手套的棉袖筒。从我记事起，十几年里，大伯的双手都是露在酷寒中，双手背上冻裂出的血口儿，密密麻麻，铺天盖地，每一道都如婴孩儿哭唤时的口。然而我大伯，他还是该劳作了就用那双冻手去劳作，该到村后的坡地去给孩子们刨柴火了就去山坡刨柴火，或在门前树下伸出冻手去树上卸枯枝，用那枯树的干枝，让家里那个火盆大都燃着火，使他的孩子们能和别家的孩子样，熬下一个严寒的酷冬后，再熬下一个严寒的酷冬天。

渐渐地，我大伯家的孩子们，也都个个变得面对生活和人生时，和我大伯一样地坚强和镇定。他们六个弟兄中，这一点让我记忆最深的，是排行老二的书成哥。书成个儿虽小，年年冬天手背都流血，可他却不太去和谁争着烤那火，又最勤去后山坡上拾柴火。家里饭不够吃了，他不说话，少抱怨，只是把空碗在灶房里往锅台或案上放时重重磕一下，就算表达了他对生活和那一口大锅的不满和积怨。我的书成哥，他为人刚正，性格坚拗而固执，言语不多，少有笑容，脸上的硬色和坚毅，总像一块石头样凝固着。

有一次，记不得为了什么大伯要打他，让他跪在上房的正中央，一耳光一耳光地往他脸上打，一脚一脚地朝他身上踢，甚至连一个笤帚把儿都打断了，只是为了让他说一句“我错了，以后再也不敢了”。可他就是跪在那儿不说这句话，咬着唇，直着腰，梗着脖，直直地对视着我大伯。大伯是很少动手去打、去骂他的那些儿女的，可是那一次，他被激怒了，被激将到不征服这老二的执拗就无法维护一个父亲的尊严时，他就不能不连连暴打他的孩子了。

然而，在整整打了半顿饭的工夫里，我那个书成哥，脸肿了，嘴角挂着血，却硬是没有低下头，没有说上半句话，直到左右邻居听到暴打都围到大伯家里去，直到大伯家的孩子们，为了让大伯不再暴打都在我书成哥的左右一齐跪下来，都求着大伯停歇一会儿手，又劝书成说：“你就不能低头说句认错的话儿吗？”

那个书成哥，就开口说话了。

他扭头看看身边陪他跪下的弟弟妹妹们，又看看身后一片的邻居们，最后把目光落在我大伯的脸上和大伯手里拿的朝他脸上当耳光掴了无数下的一只鞋底儿，咬着牙说了一句既有时代色彩又让所有人都大为惊慌的话。

他说：“你们打吧，我宁死不屈！”

今天来回忆那场暴打和这句话，我有些哑然失笑，仿佛在回忆一幕戏的一句经典台词般（似乎是罗马尼亚电影《宁死不屈》中的场景和台词），可仔细去想时，书成哥性格中的固执、坚强和刻板，也正是那个年代生活的艰辛，对人生存力的锻造和大伯性格中坚强那一面的一种遗传和展开。那场暴打的最终收场，不是因为邻人的劝解和我那些弟兄妹妹五六个同时朝大伯的下跪。他们的下跪，其实更激起了我大伯的愤怒和对生活无奈抗争的发泄。事情本来是用家庭的“暴力”来惩罚我书成哥的固执和倔拗，可发展到最后，是我大伯不知为何握着他的一只布鞋将坚硬的鞋底当耳光，轮番地朝着跪在他面前的一片子女的每个人的脸上掴，还掴着骂着说：

“打死你们我们家的日子就好过了……”

“都把你们打死日子就轻轻松松了……”

这两句话不仅是大伯声嘶力竭地唤将出来的，也是随着大伯举起的鞋，一下一下落在他儿女们的脸上时，从他嘴里爆将出来的。直到今天，大伯青色的脸、发抖的手和他声嘶力竭的唤，还让我感到社会给生活的挤压、生活给大伯的压迫，在那时仿佛山样压在他身上，不有那么一次情绪的爆发，似乎他会被生活彻底压垮或者被贫穷窒息过去样。

他就爆发了。暴打了。

“打死你们我们家的日子就好过了……”

“都把你们打死日子就轻轻松松了……”

就在大伯吼着发泄出这两句生活给他带来的巨大压力时，我惊恐地站在一群劝解大伯的邻人中，见大伯唤着和骂着，用他的鞋底掴着耳光朝一群孩子打了一遍又要再打第二遍时，不知道为何，我莫名其妙地从人群里走出来，也跪在了我的那些叔伯兄弟中，希望大伯打他的儿女时，把那鞋底的耳光也掴到我的脸上去。那时候，我已经十几岁，跪在叔伯弟兄中，泪流满面，哭得比我的叔伯弟兄和妹妹们还伤心、还要痛。透过我的泪眼，我看着大伯的暴打和暴唤，仿佛一场巨大的冰雹从天空噼里啪啦砸下来。可大伯一个一个暴打着他的子女们，当到了我的面前举起鞋底要掴着落下的那一刻，我哭着抬头说："大伯，你就别打了吧。"

大伯望着我，手僵在了半空中。

最后，大伯颓然地坐在屋里的凳子上，穿上手里的鞋子说："都起来吃饭吧。吃过了都到田里翻地去。"

结果，爆发收敛，暴打也到此落尾。由我最先从地上站起来，又去一一地拉起了我的那些跪成一排的叔伯兄弟和妹妹。

盖房

实际上，如前所说，在我父亲那一辈，他们亲弟兄三个，叔伯弟兄是四个。排行下来，大伯是老大，名叫阎大岳，我父亲是老二，名字叫双岳。我有一个堂叔是老三，名字叫三双。还有一个亲叔是老四，名字叫四岳。四家人住得都很近，大伯家距我家最多也就几十步，因此大伯一家人，每天每时都朝我家来，我们也每天每时都朝大伯家里去。

四叔工作在外，家务和家族中的事情，多是大伯来和我父亲一起商量后，大伯就果敢行事了。

大伯和父亲商量事情时，从来不避讳我们这些孩子们。每次大伯到我家，一跨过大门槛，若在饭时，父亲的第一句话是扭过头对我母亲说："快去给大哥盛碗饭。"

父亲和大伯商量事，多半不在屋子里，而是弟兄两个坐在院里的房檐下。至亲无语，挚情少言。这话正体现在他们弟兄中。父亲和大伯，正是因着弟兄的至亲与挚情，彼此间话儿并不多，似乎他们你我看一眼，就都知道对方要说什么了。那一天，初冬的日光暖在我家院落里，黄爽朗朗一地都是金银色。父亲用他半生的努力，给他的四个孩子盖起了七间土瓦房，还在那有二分半地的宅院里铺了带水波纹的石地板。就在那石板院落里，大伯和父亲吃着饭，彼此一碗吃完后，他们没说一句话，直到我从大伯手里接过空碗时，父亲才抬头清晰地说："再去给你伯盛一碗。"可我去盛时，大伯却朝我摇了一下头，站起来看着我父亲，仿佛有句话他想了许久却无法说出口。不过吃完了饭，大伯要走了，那话就不能不说了。于是，就对我父亲低声道："双岳，发成（我大伯家的老大孩子）十九了，叫老二家（我母亲）碰到合适的给他提个媳妇吧。"

我父亲看着我大伯——他哥哥的脸，默了半晌点了一下头，同样轻声着："瓦房……今年不盖吗？"

大伯站在院中央，抬头看看天，想了一会儿很肯定地说："盖。过了年就盖。"

这就是他们弟兄间商量的人生大事：盖房娶媳，让孩子们成家立业。简简单单，天方地正，彼此是那样的心领神会、血脉相通，充满着弟兄间的体悟和支持。似乎一个只要从嘴里说出那么几个字，另一个就会舍命去做、去尝试；一个朝另一个点了一下头，那就是必须去做的承诺和天证。

也就是从那几句简单的谈话始，我母亲开始四处张罗打听，询问着给我的发成哥哥寻亲讨媳了。我大伯开始为盖房子奔波卖力了。似乎，在那一瞬之间，他们弟兄都明白，下一代长大成人了，他们必须为下一代成家立业肩起责任了。似乎，大伯家盖房对于居住并没有那么切实重要的意义，而更为急迫的，是有新的瓦房竖在宅院里，给孩子们提亲讨媳妇，就有了起码的资本和基础。

也就始于这年冬，为了盖出三间瓦房来，大伯领着他的孩子们，不是冒着寒冷劳动了一个冬天，而是顶风冒雪打了一场为盖房子不得不打的卓绝的命运与人生的战役。在我们田湖村以东的七八里之外，有一架山脉，属河南省的伏牛山系。豫西之地，多为丘陵，地势地貌，近于陕西的黄土塬梁。然而这伏牛山脉，却是岩石结构，石为红色，层叠相加，用炸药轰开山体，那些红色的石头便如砖样鲜艳方正，是盖房子做地基的最佳材料。因此，驻扎在村里的那些国家单位机构，如公社、供销社、批发部和药站等，都会以慷慨的姿态，出具低廉的价格，论立方买石头，盖房子做地基。可把石头从那边山脉上炸下来，运过来，要通过一条数百米宽的伊河滩。伊河上无路无桥，又是严冬，把石头运过河水，唯一的方法，就是人抬肩扛。

为了盖房，这年冬天家家都在围着火炉烤火时，大伯一家人，老少出动，蹚过冰冻的河水，到河对岸去扛、去抬那沉重的石头。石头小则百余斤，大则上千斤。一家人能抬者抬，能扛者扛。气温暖则零下几度，寒则零下十几度。而河里的流水，两侧岸边，是酷寒的冰凌；河心齐腰的水流，没有白冰，却是更为刺骨的湍急。而一块石头要从河那边运到对岸来，又都必须经过这河水。大伯就带着他的孩子们，脱下衣裤，单穿了裤衩和布衫，先在岸边用双手拍拍冻僵的腿上的肌肉，而后走进水里，蹚过河去，把石头运到河边；等到日色有暖，气温高出一度二度，他和我的叔伯弟兄们一起，嘴里呼着白气，额门上挂着雾汗，而周身却又结着水珠冰凌，吱喳吱喳地踏踩着青白的冰碴儿，蹚着齐腰的河水，把石头运至河的这边，再拉回到村子里。

那年冬，大伯一家人就是这样过来的。

后两年的冬，大伯家也是这样从冰冻的生活中蹚走过来的。

山脉的沟壑中和辽阔的河滩里，北风席卷，地铁草枯，树枝在空中抽抽打打。各村各户家里的水缸放在屋子里，水被冻成了冰碴儿，大厚的缸壁被冻出裂口是件常有的事。而沿路坐落的村落，本是一个连着一个——人口的密集，河南省位于全国之首，而我家乡那儿，又位于河南的乡村之首，可在那样的寒冷里，村庄似乎消失了，村人们也都不见了。不到万不得已，已经没有人出门到村外田里或者路上了，然我大伯和他的儿女们，不仅在村外，还在野外的河滩上；不仅在那冰封的河滩上，还都在那零下将近二十度的河水里。那几年的冬天，见到我大伯和他儿女们的人，都是很远地站下怔着一会儿，盯着大伯和他的家人看一阵，自言自语说：“疯了呀！疯了呀！”

或者道：“老天哦，你不心疼自己也得心疼心疼你的孩子们。”

大伯不说话。

不和路人说话，也很少主动和村人们去解释他这段没命的劳作和苦役。把石头运回村子里，一部分卖给村里的单位和机构，用换回的钱去买盖新房的砖和瓦，一部分石头运到自家门口上，准备过了年盖房时做地基。

那几年冬，我大伯一家人，每个人的双手每天砸石头、搬石头、抬石头，双腿和双脚，除了回到家和钻进被窝里，大都是赤裸着踏在河滩的鹅卵石上和跳进冰水里，手和脚都冻得如发酵的面团样，又肿又厚，又有无数无数网状的血裂口。终于到了冬将过去时，大伯家门前的两棵泡桐下，堆起那鲜红方正的石头堆，有一人那么高，如同大伯一家人向生活挑战的宣言样，散发着冰寒却又清新的石味儿，昭示着每一个路过的人，都要驻足看看那堆大石头，夸赞几句那石头真好哦，盖房子砌地基，会整齐得和砖一模样，可又比烧砖结实了几十倍。接下来，就都意识到，这户人家是何等的勤劳哦。因为勤劳，他们就将盖起引人注目的瓦房了，就将有对岁月和人生的信念，不言不语地随着那瓦房的站立，而高高地树立在村头和人们的心目之中了。

相媳

现在，大我五六岁的发成哥，已经做了爷爷了。可他的子女们，那些出生在20世纪80年代的一辈人，将无法明白他的父辈们，是如何地为了生存而奋斗，为了婚姻而丢掉了做人的尊严和舒展。

相对象是在过了春节后。

大伯家的房子将盖未盖时，我母亲通过亲戚的亲戚，联系了十几里外名为卸甲沟村的一位名叫莲娃的姑娘——她现在是我嫂，日子过得有山有水，见日见月。可在当年那一刻，为了让她嫁到我们阎姓家，母亲、父亲和大伯，不知道商量过多少次、“设计”过多少次。相对象的那一天，我大娘把家里的里里外外扫了一个遍，唯独没有扫擦的，只有屋里的空气和那院里的树。除此外，还特意让对方必须见到的人——如大伯、大娘和我发成哥，都换上新衣服。

让我的那些弟弟妹妹们，尤其是没有干净衣服又不甚讲究的弟弟和妹妹，都躲到了别的地方去。

到我家，把一床新的大红被子拿出来，规规正正地叠在我大伯家的床头上。

我二姐，把家里的暖壶（开水瓶）烧好开水提到大伯家，放到大伯家正屋桌子上，还又洗出几个干净而没有破口的碗，摆在水瓶边，以备女方来时倒水当作杯子用。

借来一个新的吃饭用的红漆小桌放在屋中央，在那桌上摆了花生和核桃。

当然，最主角的是我发成哥，他穿了蓝制服，理了小平头，等着人家来相、来看他。也就在近着午时候，女方由一中年妇女陪着入村了，羞羞答答，身材高挑，确实是个有模有样的人，也有些莲花的素洁和水灵。到着村头时，我们都躲在远处偷看她，有胆大的孩子，这时候会装作路人朝着姑娘迎面走，到她面前后，还有意咳一下，有意让她惊一下。她们就那样在众目睽睽之中入了村，进了大伯家。在到了那一堆准备盖房的石堆面前时，我看见她们朝着那一堆石头望了一会儿，似乎是确认一下那究竟是一堆石头还不是三间瓦屋样。

不知道我这个莲娃嫂和我发成哥初见面时到底说了啥。到底她在我大伯家有何样的感受和思想。总之说，在她吃过午饭离开后，传回来的信息好像是，她不同意这门婚事儿。不是不同意我发成哥，而是不同意我大伯的这个家。

嫌这家里穷。

嫌这家里人口多。

嫌那瓦房不是瓦房，而是一堆红石头。

那天女方走了后，我大伯到我家，和我父亲、母亲三个在屋里坐了半晌儿。我几次进出，都看见大伯脸上有着浅青和淡白，宛若他人生中的一桩大事，一开局没有走好影响着他一家人的全盘命运般。就那么闷坐了大半天，在我大伯离开时，他长长地叹口气，说："发成的婚事不顺利，后边孩子们的婚事怕就更难了。"

不知道大伯和我父亲是如何商量的。第二天，我母亲又翻山越岭去了我莲娃嫂子家。也不知母亲到那村里和女方一家说了啥，几天后村里集日时，莲娃嫂的父亲到我大伯家里看了看，在大伯家房前屋后转了转，还亲自用手丈量了大伯家周围几棵泡桐树的粗细，最后在那一大堆准备盖房的石堆面前站一会儿，一只脚踏在一块石头上，一只脚落在路边上，想了想对他身边我的大伯说："这树成材了。"

"盖房子了做梁用，"大伯道，"房后那几棵伐了做檩条。"

人家又盯着那一堆墙基石："都是从河的那边运来的？"

大伯"嗯"一下："抽空要再去运几车，把地基垒得高一些。"

人家忽然说："婚事就这样定下吧，不过我回去得再做做女娃们的工作呢。"

大伯说："新社会，婚姻自由，说到底，孩子们的事还是由孩子们去当家。"

今天看，莲娃嫂嫁给我发成哥，无异于她在乡村的婚姻股市上买了最好的一支原始绩优股。那时候，发成哥十八九岁就是我们那儿闻名遐迩的刀瓦匠，而今是一个乡村工程队的所谓经理，也是所谓的包工头，人好能力好，把家里的日子过得星月满天，红光普照，人见人爱。可想到大伯三十几年前为他们的婚事忧愁那一刻，想到最后听说对方同意了这门婚事时，大伯在我家满脸灿烂着笑，问我母亲说："同意了？"

母亲说："人家一定要求等盖起了房子再结婚，说结婚一定要结进新的瓦屋里。"

那当儿，大伯脸上的笑容淡了淡，像一个人正向前走着时，脚上被绊了一下子。然后，大伯不笑了。大伯对我母亲点了一下头，郑郑重重地道："你就给人家回话吧，说我说过盖房，就一定会把房子盖起来。"

到今天，大伯已经离开人世三年了。也许他那郑重的点头和承诺，他即便活着也忆将不起有过那样的人生情节和细节。因为他的前半生，甚至在他三分之二的生命里，他每天都在努力兑现着他向生活的承诺与愿言，并又向生活许就着新的愿言和承诺。大伯是活在承诺中的人，又是为无法实现承诺而终生苦恼不安、充满矛盾的人。

大伯的一生，多半生命其实是被他对生活与命运的承诺所煎熬和折磨。可也正因为为了承诺而活着，才显出了他一个农民对卑微的生命认识的高贵和俗脱，显出了大伯在那块土地上，生命的痕迹在命运的路途上，要比别人留下的深刻并光辉。

尊严

大伯是偏穷乡村的农民，极尽平凡和卑微，可又是一个堪用超凡去形容的尊贵的生命和尊贵的人。

那一年，房子盖将起来了。

那一年，我发成哥哥完婚了。

盖起房子那一天，自然是依着乡村的风俗，慷慷慨慨，放开来请匠人们好好吃了与喝了。吃了肉、喝了酒，待匠人与小工都离开繁闹，别了新房后，竖在路边的那三间高大的瓦屋里，空落出的清静，散发着半青半红的砖和石头混合成的硫黄味，还有泥土的潮润和馨香。屋子里净净荡荡，似乎辽远开阔。初夏的阳光从门窗透进来，照着那些清丽的味道，如照着看不见的绸纱。就在那屋里，在我和叔伯哥哥与弟妹们都站着坐着欣赏房屋，赞赏阳光，开始对生活有着懵懂美意时，大伯从外边进来了。

大伯说："你们弟兄都在呀。趁都在，我给你们说上几句话。"然后，大伯就立在门口的阳光中，因为他身材高大，一米八的身子立在那儿如竖着一块板，如同尧舜立在历史的风口上。而今新中国成立的二十几年后，一个北方乡村的农民，站在他用一家人的血汗盖将起的三间瓦屋的门口上，对他的六男二女的子女们说："房子盖起来了，债也欠下了。人在这个世界上，什么都可以欠，唯独不能欠的是人家的债。从明天起，我们一家人都重去拉石头、卖石头，尽快把欠人家的债务给还上。"

生活又恢复到原有的轨道上，和原本就没有离过轨道样。早上天不亮起床到十几里外河的对岸涧谷扛石头，然后再蹚着齐腰的急流运到河这边，卖到村里那些国家的麻雀单位里。一天两趟，走时星月满天，回时星月也满天。除了农忙和过年，其余时间里，大伯一家人天天如此，年年如此，一干一恒持，就是三年多，和又一个中国历史中的三年困难时期样。

总算无论如何说，因为这竖起的新房子，使我大伯家沧桑的日子，显出了与他户人家的相同和不同。相同的是，过的都是那个年代里乡村瘦弱的岁月；不同的是，因为大伯家人口众多，其岁月中的日子，就过得比别人更为艰辛和疲惫。但在这户人家中，因为大伯的存在，就像一片新生的林地中，有一棵粗壮而古老的大树，一下让那林地有了境界和气韵，有了精神和风骨。大伯正是那片林地中的那棵古而壮的树，因为他如牛如马地劳作，因为他如头羊、头雁样领着子女们为活着、并力求在活着中让子女们尽力吃得饱一些、穿得不那么破烂裸露些，并且在他们长大成人时，都能够有理由谈婚论嫁，有条件娶妻生子，我大伯在他不识字并且在他不善深究言谈的人生中，深深地明白两个字的含意和深邃，那就是——尊严。

就是人活在世上的某种尊严。

尊严有大小之说，但没有高贵卑贱之分。如同钟表上的时间，座钟大者可卧似房屋，站如松柏；小者犹如拳头鸟蛋，搁在桌角床头，如鸟雀卧枝。手表有当年南京产的“钟山”牌，大如铜元，光亮中显着浅黄，三十元一块，戴在手腕上，鲜明而粗糙；有上海产的上百元一块的“上海”牌，相比之下，确实有了精致和薄美。可再一看那些进口表，日本的超薄和透亮，瑞士的琳琅和滑润，这些物件品相，有大小、有贵贱、有美丑，可其所走动的时间，却一律都是时、分、秒，都是积累着分散了的岁月和生命。而我们生活的尊严、人的尊严，也正如钟表上的时间，钟表可以不一样，时间却必然是等同和相同。比之于时间，尊严亦是如此。国王的尊严不一定比百姓的尊严要大、要厚重；省长的尊严不一定就比一个乡村平民的尊严更为值钱、有价值。

我在想，国王为了他的尊严，可以砍掉人头的话，而百姓为了自己的尊严，是要在被杀时，努力把腰杆挺直些，要在世人面前展示一下自己活在人世并不那么猥琐和自卑。那么说，后者的尊严其实要比前者更让人敬重和尊崇。

如果省长为尊严不惜下发一份文件，动用无数的人力和财力时，农民为了自己的尊严，要把收割的镰刀磨得快一些，把耕地的犁铧弄得尖锐一些儿。那么说，后者的尊严，也要比前者更为本源和人道，更为人性和温暖。

人间世事就这样，皇帝为了尊严可以去战争，百姓为了尊严可以去劳动。

有钱人为了尊严可以一掷千金，穷人为了尊严可以在逃难时力求那讨饭的碗筷干净一些儿。

一棵树的尊严是在风中不要倒下去；一株草的尊严是春天尽力绿一些，秋天尽力迟黄晚枯一会儿；房的尊严是能让人住进去；车的尊严是满车载重时能跑得轻松些、快一些；狗的尊严是不要让邻人、路人踢一脚或砸上一石头；猫的尊严是不要让老鼠叽叽叫着从自己眼前溜过去。一粒沙子落在路边上，似乎无生命、无呼吸，可却有尊严。它的尊严是起风时，最好不要紧随尘土在空中舞舞动动地飞，就是飞时也要让尘土在前、在上面，而自己以尊严的重量，比起尘土要显出自己的稳妥和力量。

尊严不是生命中的时间，却是时间中生命的份额和重量；尊严不是看不见的空气和飘浮的云，而是生命中的气韵和精神。

尊严不简单地显示为人生的衣着与表情，更是人生内在的力量与气节，可以以最简约的方式显示为人生在世的气节和风骨。

我大伯是个极有尊严的人。

是个把人的尊严放在活着的首位的老百姓。

作为农民，他是我们队里最好的农活、庄稼的乡把式。

作为男人，为了义情，他曾经提着一把砍刀，孤身一人，到几里外的邻村要把某人的耳朵割下来。

作为父亲，他奔波辛劳，每年、每月、每时地劳作和流汗，没有让他的八个子女，在最贫穷的年代里，因为贫穷误了他们的成长和婚姻。

盖起那三间瓦屋后的一年里，大伯领着他的一群孩子，用他们的血汗还了债欠后，还又在那新房的山墙下，又堆起了再盖新房时用的一大堆地基石头和砖头。就在那新的地基石头堆将起来时，大伯家的老大——我的发成哥和莲娃嫂子终于完了婚。锣鼓和鞭炮、花生和核桃、对联和彩色的纸屑，还有络绎不绝的乡人们和成群结队的升起于贫穷土地上的欢笑声，终于迎来了大伯家六个男孩子中的第一个新人嫂。就在所有的这些把一对新人送进那新瓦屋的房里时，人们在围着生活和新房说笑时，我大伯把我母亲叫到了人群稀处的安静里，郑郑重重地对我母亲说："老二书成年龄也长了上来啦，有合适的就给他介绍媳妇吧。你对人家说，待老二结婚时，我一定也把老二结婚用的新房瓦屋盖起来。”

赌博

说了大伯人生中的韧性和尊严，而细究本真，其实活着的韧性，大伯是在心里明了确实的，也敢于在人前说出口并摆在桌面的。而尊严，在我大伯，他却从来不敢说他是村里一位最最有尊严的人。

因为——他好赌。

赌，成为大伯一生的污点，沾染在他的人品上，就像结长在他心灵上永远难以治愈的一个疤。

而所谓的赌，在我家乡，小赌则被视为一种乡村娱乐，甚或是一种春节、农闲的乡村文化生活，但由小赌进入大赌，赌到深夜不归、饭时不回，输钱了东借西借，卖粮食、卖树木，那就不再是娱乐的文化生活了，而是一种赌性或赌瘾，甚或可以称为赌徒了。

大伯是由小赌娱乐走进赌而不归的生活的。开始间，因为农忙疲惫，农闲清淡，生活单调，他同村人们一道加入了那种俗称“搬三帽”的赢钱游戏。即把三个铜钱无字的一面磨平打光至锃光瓦亮，而让有字的一面还原封不动地显示着“乾隆”或“道光”的字样，然后，把这三个铜钱放在手心或手指，使其有字的背面向上迎天，发光的亮面迎下对地，身子半弓，悬地半蹲，把这三个铜钱猛而富有节奏地突然朝着地上的石头或砖面抛下去，如果三个铜钱的光面翻身向上，为全赢；如果有两个光面向上，则为部分之赢。反之，三个有字的背面落下后全部向上迎天，则为全输；两个有字的背向上迎天，则被视为部分之输。游戏简单，规矩严明，深入浅出，一看即会，是这种游戏的最大特点。

大伯就是从这种游戏开始成了一个好赌的人。先是赌注从三分、五分开始，后来赌注就上升为几毛几块，赌到眼红的时候，那赌注甚至会大到上百甚或两百块钱。在今天，几十、上百块钱，也就是有些人的一盒烟钱，而两百、三百块钱，也就是大家走进路边店的一顿饭钱。可在那段岁月中，20 世纪的六七十年代，每颗鸡蛋小的二分、三分，大的三分、四分，一斤食盐也才不过八分钱的时候，输掉一百、两百块钱，其实是输掉了一间瓦屋的房钱，输掉三百、五百块钱，就等于输掉了三间瓦房或者一所宅院。

然而，大伯是每年有赌必输，输之又赌。赌资之重，使他每年都会输掉一所宅院或者三间新的瓦屋。甚或是，带着孩子们顶风冒雪，破冰越河到十几里外爆石运石，卖上一个冬天的血汗积存，本是为了孩子们盖房娶妻的一种准备，到了过年的几天空闲，他吃了年夜的饺子，人就忽然间无了踪迹，直到我大娘或孩子们找到赌场，争争吵吵，把他从那场合拉回来。

为了防止大伯过年赌博，家里有了存钱，大娘就会谨慎地把它藏起来。可任我大娘把钱藏到哪儿，最终大伯钻天入地，也都能偷偷地将其找出来。

大伯自己，为了防设自己的赌博，有了钱也常常交给我的母亲或父亲，说让他们把钱收起来，如果有一天他赌博输了，来要这钱时，也一定不要父亲、母亲还给他，留着那钱将来给孩子们结婚娶媳用。然而往往的结果，却总是事与愿违，适得其反，等大伯又一次输到穷尽至无可再输时，大伯一定会去找到我父亲、母亲说："把钱给我吧，有些急事要用呢。"

知道他是赌，却又不能不给他。

母亲说："大哥，不要再赌了。"

大伯红着脸："不是赌，确实有急用。"

父亲是我大伯的弟，他常常为大伯的赌性气得直跺脚，气得有时不吃饭。我想，父亲若是大伯的哥，在大伯赌瘾上来找他要钱时，他会把耳光打到大伯的脸上去；倘若父亲是大伯的长辈了，他会因为大伯的赌，把大伯赶出家门或吊在房梁上。可他是大伯的弟，大伯才是他的哥。乡间的伦理和道德，让这个做弟的对哥哥又气又无奈。到了大伯输钱后去找他要自己挣的钱，或找母亲说又没钱用了，能否借给他几十块钱时，父亲总是把脸扭到一边去，低着头，含了泪，待那泪干了，擦去了，父亲会回头有些哀求地对我大伯说："大哥，你就不能不赌吗？"

大伯站在他的弟面前，沉默许久后，极其伤感而又羞愧地说："就再给这一次吧，我以后再也不赌了。"

因为他是哥，父亲不能不把钱给他。因为他们是同父同母的亲弟兄，大伯拿着钱走出大门去赌时，父亲望着他的背影，即便不掉泪，眼圈却总是红红润润，如哭过一场般。

走向短路

有一次，大伯输钱了。他是大年初二离开家里的，初三下午回到家，脸色苍白，目光呆痴，回去坐在上房屋里半晌没说一句话。不消说，他不仅输了钱，可能还输掉了准备给孩子们盖房娶妻的积存和准备，还有他做人的尊严和名声。有时候，输钱不要紧，可输了做人的名声和自尊，那远比输掉房屋财产更紧要。因为名声和尊严，关系的不仅是他的人品和人格，还关系到孩子们的成家立业和前程。大伯之所以在孩子们娶妻成家这一点，要比别的做父亲的更为上心和努力，就是因为他明白，他因为赌的名声会影响到他子女们的男婚与女嫁、立业与成家。而事实上，他赌博的名声，确实影响了这个家的声誉和孩子的前程与命运。确实因为他的赌，那些愿意嫁到这个家的姑娘知道了他的好赌后，不是不愿嫁了就是犹豫了。所以说，在这年大年初三的下午里，他出门两天回来后，什么也不说，也不做，不说吃饭和饥饿，不谈瞌睡和劳累，坐在那儿不动弹，直到大娘和子女们围将过来问他道：

“是又输了吗？”

“输了多少呢？”

任你们烦烦絮絮如何地问，大伯就是不说话。到问至不能不说又完全无法开口去说时，大伯忽然一耳光、一耳光地朝着自己脸上掴起来。打自己，骂自己，说自己活着没有尊严、没有记性，倒不如死了才好呢。

大伯是一个刚性十足又正天正地的人，他从来没有过这样的自暴自弃和自己唾骂自己的事。猛地有了这一次，把全家人都给吓住了，都慌忙上去拉着他的手，劝他无论输掉多少钱，以后不赌就行了。子女们也都纷纷含着泪，劝大伯不要自己打自己，说大不了一家人再辛苦一年到那河的对面拉石头、卖石头。

事情果真就这样。原来盖第二幢瓦屋的钱是准备了十有八九呢，说过完年就动工要盖呢，现在就不再提那动工盖房的事，而要一家人默默地继续到河的对岸十里外，干那非牛非马的爆石、运石的事。

就这么劳作着、生活着，待又一次为盖房子的钱准备到一定数量时，有一天，是夏天的几月份，太阳火烫，大地上蒸腾着发焦的热气，知了的叫声如滚烫的流水，在天空哗哗啦啦淌着时，我从学校背着书包回家了。一进院落门，我就扯着嗓子叫：“妈——渴得很！”

回答我的是一片沉默和寂静。

我隐隐感到家里出了什么事。快脚几步从院里踏进屋子里，看见父亲、母亲和姐姐们，都闷头坐在屋里不说话。

我问：“咋了？”

母亲接过我的书包道：“快去看看你伯吧。你大伯服毒了，差一点你就再也见不到你大伯了。”

我愕然：“为啥？”

不知道是父亲还是母亲回答我了一个字：“赌。”

我便看我的大伯去。几十步的土道，中间隔着两户人家，从我家走至大伯家，多说不过几分钟，然而那时候，明明有邻人都在路边做着什么事，说着什么话，可我如走在空无他人的田野山脉样，内心的荒冷和寂静，宛若一片沙漠惘然地铺在我的胸腔里，连我自己都能听到了我的心跳声。这是我一生中，第一次经历有人要弃绝生命自杀的事。而且是我伯，我的亲大伯，那个从我记事就爱这个乡村、爱贫困的生活、爱他的孩子和侄男甥女的人。我不明白，人为什么要赌博，为什么爱上了就又改不了。但我隐隐感觉到，赌博上瘾和老人传说的抽大烟上瘾大约一模样。上了瘾，就再也改不了。改不了，就只能要么倾家荡产，要么弃绝生命这两条道。我大伯，他是选择了后一条。那时候，快到我大伯家里时，我暗暗警告自己说：连科哦，这辈子你千万不要赌博啊！

也就到了大伯家。

大伯家里和我家里一个样，一家人都沉默在寂静里，坐在上房的正屋不说话。待我进去时，我看了看大伙，轻声问："我伯呢？"有人瞟了一眼里间屋。我便顺着那目光，朝里间屋子走过去。那间里屋比起外间暗许多，光线细弱，像病人恹恹的呼吸样。我是在门口怔了一会儿，才看见靠后墙的床铺上，大伯躺着面朝里，后背对着门口这一边。

我轻声叫了一声"大伯"，朝大伯的床铺走过去。

大伯动了一下身，可没把身子转过来。

也就站在大伯的床边上，很想学着大人们，问大伯你觉得现在身子好些吗，很想说赌输了你就赌输了，怎么能这样去寻短见呢。可我什么也没说，就那么站了一会儿。也不知道站了多大一会儿，似乎感到了无趣样，才又默默转着身子朝外走。这时候，也许是我抬脚要走的脚步惊动了大伯吧，大伯忽然翻了一个身，把身子挪到床边上，拉着我的手，又用手摸了一下我的脸，用很低，却是很清晰的声音对我说："安心上学吧，大伯以后不赌了。"

大伯的这句话，让我泪流满面，感觉到大伯那时候不过是赌博输了家产什么的，即便大伯不仅赌博，而且杀人越货，他也还是我在这个世界上的亲大伯，是我最有血缘关系的亲人哦。从大伯家里含着眼泪出来后，我心里的温暖山高水长，洋溢得如一片海洋般。直到今天忆起大伯那次自杀的事，忆起父亲、大伯和叔叔间的兄弟情，忆起他们各自为了最普通的生存和人生中最普通的得失与过错，我都深刻地体会到，一个人的成长，最重要的需求不是物质的吃穿和花费，不是精神上大起大落的恩爱和慈悲，而是物质和精神混合在一起的那种细雨无声的温情与滋润。正如需要成长的草和树一样，缺光少雨当然不可以，可暴雨暴日的轮流与交替，似乎不缺水，不缺光，但最终迎来的却是不成材的疯生和疯长。而只有那种细雨无声的滋润和给养，只有那种光线充足却非暴晒暴烫的阳光和灼目的明亮，才可以让草成草、树成树，让人的心灵成为未来充满善与温情的一颗心。

我是在充满贫穷与温情的家庭长大的。

我的那些叔伯兄弟和姐妹们，也都是在充满贫穷与温情的家庭与家族中长大起来的。我们叔伯兄弟姐妹十五个，堂叔伯兄弟姐妹二十几个人，包括我，没有成才做官的，没有暴富到流金流油的，但没有一个不是善良的，没有一个不是把善良作为人生的底色后，在这底色之上去涂着别的色彩颜料，让人生尽可能地有些丰富、充满情谊和活着时多一些人间烟火的快乐与温暖的。

善良，是人之所以为人的根基和原本。

而家庭和家族中世代酝酿的亲情与温情，则是养育善良的土壤、阳光和细雨。

从我大伯家里回到我家后，我母亲简单地给我叙述了大伯自杀的缘由与前后。说大伯那一天去结算了半年来一家人给几家单位机构卖石头的钱，偏巧碰到了往日常在一块儿赌博的朋友们，七说和八劝，几个人就到了某一地方去。在那地方大伯很快输了自己的钱。至于输完后，大伯想了啥、做了啥、内心有着何样的挣扎和苦痛，没人能知道，没人说得清。横竖与反正，在吃过午饭村人都歇午觉时，大伯从街上回来了，和往常一样同见到的熟人说了话，和往常也一样，在他家门前站了站，看了看前后左右和街景房舍，而后让一个孩子去把能找到的没有上学读书的自家和亲戚的孩子都找来，把那些跟他叫爷和外公的一群孩子领到路边泡桐树的阴凉里，从口袋里抓出一大把、一大把买回来的糖果和糖豆儿，每个孩子分了一把后，又问谁还没有分，孩子们举着手里的小糖说都有了。又问谁还没有来，便发现我大姐的女儿圆圆没有在那人群里，就让别的孩子把几岁的圆圆找来了。

圆圆叫了他一声“大外爷”（外公），他把口袋里的小糖给圆圆抓了一大把。再笑着问孩子们谁还没有吃到糖果时，孩子们也都笑着说全有了，全都有了呢。大伯就最后看了看那些孩子们，一个一个摸了摸他们的头、他们的脸，待孩子们像一群燕子吃着糖果飞走后，大伯回家服毒了。

在他身上的口袋里，有个口袋是他给子孙们买的糖果、糖豆儿，另一个口袋里，是他给自己买的老鼠药。大伯回家关门服毒后，赶巧大娘洗衣服回来发现大伯口吐白沫躺在床铺上，这才呼天抢地叫着把大伯送到了医院里。

大伯被抢救过来了。

然而，就是到今天，过去了几十年，想起大伯那次寻短自杀前，给他的孙男甥女们每人最后分的一把儿糖果和糖豆儿，我都在内心充满着甜味和温情。想到我的生命中，有过我父亲、大伯和叔叔们的身影和生命，那实在是上天给我的一种宽厚无际的关爱和恩赐。在我的成长过程中，我可能什么都缺乏，唯一不缺的，正是来自父亲、大伯和叔叔们这一辈人给我的那细雨无声的温情与呵护。

电视

关于赌博，大伯有很长时间不赌了。到了过年过节，实在闲暇无聊到身子无处搁放的境地里，也只到那赌场转转与看看。

到后来，我高中没读完，便辍学到河南新乡的火车站与那个水泥厂里去做了临时工。现在称从乡村到城里打工的农民为“农民工”，那时候，都一律称为临时工。接下来，1978 年，我又参军到了河南商丘、开封等地的部队里。几年后待我从部队回家探亲，提了一些补养的东西去看我大伯时，我同大伯坐在他家又一所新盖的瓦房门楼下。大伯对我说，他卖葱、卖蒜、卖瓜果，生意比往年做得好，钱也比往年挣得多。说他有时候，赶在季节口，苹果熟了到河南三门峡市的灵宝县，把那儿的苹果运到当地卖，或者雇上汽车跑长途，到湖北、四川，把那儿的橘子运回来，批发给别的小商小贩去。

大伯说，他挣了不少钱。

我有些担心地望着他。

大伯笑了笑："不赌了。一点不赌了。"

我悬着的心缓缓落下来，像悬在半空的一个孩子被人抱着放在了大地上。接下来，大伯指着新盖的房子对我道，盖了这房子，他还存有几百块，希望明年我回时，能去哪儿开后门给他买台电视机。说，若有电视在人闲时候陪着他，他以后不要说赌博什么的，连赌场去看看转转的兴趣都没了。说，没有电视机，人闲到无聊时，他就忍不住要到那赌场转一转，转一转，就担心忍不住又要蹲进赌群里。

我朝大伯点了一下头，答应下次探家时，一定给大伯捎回一台电视机。那时正值 20 世纪 80 年代的中期，电视机是中国最为走俏的紧缺货。为了给大伯买到一台电视机，回到部队我就开始张罗讨情各种关系了。

铁成

在大伯的命运中，对他真正的打击是从20世纪80年代初开始的。

20世纪80年代初，大伯家的老五孩子铁成和我一样参军了。不一样的是，我当兵在河南，几乎如同当兵就在家乡中。而我的这个弟，铁成他参军入伍却远在新疆乌鲁木齐的哪个军营里。六天七夜或七夜六天的火车，才能到达那个举目无亲、荒冷无人的地界里。

我的这个弟，偏巧又是自小内秀、寡言少语的，许多时候，为点滴小事都会计较在心的人。也是因为太过心细计较吧，他时常如女孩子样为些小事敏感而生气。因此大伯和我父亲才商量让他当兵去，离开乡村，到部队里锻炼着去寻找人生的。可是那一年，年前他穿上军装，同几个村里的孩子一道去了乌鲁木齐的军营里，在军营训练了十天半月的时间后，他就在军营上吊自杀了。

我弟死时年仅十八岁。

他是年前死了的，可消息从乌鲁木齐传回来，却是在年后许久的正月里。事情的蹊跷和浮浅，让人想来永远的痛楚和心寒。那一年的正月间，有人起早走在村街上，忽然在路上捡到一封信。信封上收信人的名字是我大伯，而信尾却是没有发信人的地址和落款。人家把信送到我大伯家，拆开来一看，如晴天霹雳炸响在了大伯家，使大伯一家老老少少，目瞪口呆，一时不知是天塌了还是地陷了。

信上说，我的弟弟铁成在军营自杀了。

除此外，那信上再没别的话，没有落款的姓名和日期，没有说自杀的缘由和时间。正值大伯一家在眼泪和惊慌中，试图通过电报、电话来证实这封信的确凿时，在我发成哥们准备到洛阳买火车票赶往新疆的第二天，县武装部的人陪同着部队的干部抱着骨灰到了大伯家。他们向大伯一家人的解释是，我弟弟到部队开始军训一周后，因为队列没走好，新兵连带兵的班长在我弟的腿上轻轻地踢了几下子，我弟想不开，回到宿舍，便用背包带子上吊自杀了。

他们是说轻轻踢了几下子。

他们没说轻轻踢几下是对是错的话。

也没说我弟所在的部队干部为一个生命的消失应该负些什

么责。

更没说为何年前死的人，直至年后半个月，才把消息告诉我们家，而且还不让我们家人到场就把我弟火化掉，直接就把骨灰送到了我们家。

一个鲜活的生命，在一个月前时如同挂着朝阳的露水，一个月后回来的，没有人，也没有遗物什么的，只有一个冰冷的骨灰盒。就在这晴天霹雳下的一片哭声中，部队的干部说了一些安慰的话，说我弟自杀的主要责任在于他自己心胸不开阔，而后许诺说，照常理这起自杀事故属于一起正常死亡的事，可只要我大伯一家不再追究部队里谁的责任的话，就可以把我弟当作因公死亡，评为烈士什么的。

而后这件事情就算了结了。

我知道这些事情是在我弟死后的几个月。探家回去父母一见我，就把这些夹夹缠缠、因因果果、蹊蹊跷跷给我说了一个透。那时候，我已经在部队提了干，在师机关的政治部里当干事，已经对那所谓的“军营净土”中角角落落的事情知道着一篮一车，便放下手中的行李，在我家里喝了几口水，就到我大伯家里找大伯。

在大伯家的屋子里，桌子上摆着我弟铁成的遗像和骨灰。家里人都下地干活了。初夏的清新明白，从田野铺散过来后，流水一样浸润着我和我大伯。院子的窗户下，有一棵碗粗的树，是椿树，浓荫斜过来倒在屋门口。有一股椿叶椿汁的怪味儿，走进屋里像从门口浓荫里流过来的医院病房中的消毒水味。我和大伯就在那气味中月深年久地坐着沉默着，仿佛我弟的遗像也在桌上盯着我，要我为他在这沉默寂静中说些什么样。

我对大伯说，我弟死得没有那么简单和轻松。我说我们不应该就这么简单快捷便答应了人家的要求，而让这事情日出日落就了结过去了。我说铁成弟即便是自杀，也有他必然的缘由和因果，说我们应该让部队把许多疑点都给我们说清楚。

我对大伯还说了许多话，也包括门口捡到的那封无来由的报丧信，一定是部队为了封锁我弟死亡的消息，怕我们春节期间从河南赶到新疆追究其前因和后果，而不让新兵连我弟的同乡们给家里写信提及这件事。同乡出于乡情和无奈，才迟迟寄回来那封无来由的信，由他们的父母收看后，偷偷扔到门口给我们传递一道讯息的。

我向大伯说了我的许多想法和看法，直到我准备向大伯说部队老兵体罚新兵的事，其实在军营里藤缠瓜果，屡见不鲜，屡禁不止。可待我对大伯要说这些时，抬起头看见大伯坐在我对面，已经非常憔悴黄瘦的脸颊上，挂着一层虚飘的汗，像他因为发烧头晕才会出汗样。

我说：“大伯，你病了？”

大伯朝我摇了一下头。

我说："铁成弟的事，就这样了结了？"

望着我，大伯沉默了长天长地后，用很轻很轻的声音对我道："去部队告他们，我知道会有人受处分，会把有的军官撤了职。可你弟弟死了还能告活吗？处分了那些人，把那些军官撤职了，可那些班长和军官——我问了，也都是从农村参军参到那里的，也都是家里无能无耐，才不得不参军参到新疆那地界。人人都是从农村参军去挣着前程的人——你弟已经不在了，我们就别去毁了那些人的前程了。"

话到这儿，大伯也扭头看了一下案上我弟铁成——他老五孩子的像，仿佛是和那遗像交流了眼神，沟通了彼此的心意后，又把头扭过来，看我一会儿，很悠长地叹了一口气，说："部队上的人，会因为我们家里好说话，会因为我们家里没有给他们提半点要求，不仅觉得我们话好说，也许还认为我们家有些老实窝囊哩；同村的人，也许会认为我们阎家是为了那个烈属才不去告部队。随它吧——那就随它吧，谁愿咋样认为就咋样认为吧。横竖你大伯就是那句话，我们家遭灾了，就别让别人跟着这灾遭难遭殃了。"

从我大伯家里出来后，我感到了大伯无边的善良和宽厚，感到大伯内心的苦痛仿佛一眼望不到底的井，可他所说所为的，却宽阔如无边的田野和大地。我尊敬我大伯，乃至敬仰我大伯。我大伯是个普通人，很多时候因为赌博有人背后会称他为"赌徒"，可是在处理我弟铁成的后事过程中，我感受到了我大伯是我们那个村庄最了不得的老百姓，也是这个世界上，最为了不得的“人”。

连云

无论如何说，我弟的死，把我大伯命运中的某个链条击碎了。他人忽然老了许多岁，也瘦了许多轮，在村人面前，他的话少了，头发迅速白起来。看到家族中的那些孩子们，他还给他们买糖吃，买些在街上摆着的小玩具，可给孩子们发糖发玩具时，他会忽然眼里含着泪，把目光投到很远的地方去，投到临时安葬了我铁成弟的那面山坡下。

然而，人生不会因为某一场灾难，就把苦难的岁月从你命运中剔除掉。日子还要过。一日三餐和春夏秋冬，时日可以多一些，少一些，季节可以冷一些，热一些，但终归是不会因为某人、某户的灾难有太多平和温暖的恩赐与变化。就是一个国家、一个民族有了天灾与人祸，地球也还是那样周而复始地循环与往复。春天了，大伯还要去田野播种去；夏天了，大伯还要到田野浇地和锄草；农闲了，也还要卖些葱蒜和苹果。大伯的人生与愿望，就是把他的子女们送到这个世界上，而后倾其所力，倾其所为，负责着让他们个个都成家与立业，男婚与女嫁。

大伯要给他的男孩们每人盖上三间新瓦房，让他们体体面面地相亲、完婚、有家业；要给他的两个女儿，每人都有完整的陪嫁，让她们与他人一模样，体面地离开自己的娘家，走到婆家。大伯完不成这些，但他在努力做着这一切。为了这一切，他在六十多岁时还东奔西波，到外地买苹果、买香蕉、买柑橘，把这些水果从外地运到当地，再一斤一两、一筐一篮地卖到别人手里去。他每年都挣钱，又每年都赔钱。也许这一趟、几趟遇到好运气，挣下一些钱，可在一年间，一定会有那么一趟两趟是赔钱。比如他从湖北把一汽车橘子运将回来了，可别人从四川运回来的橘子比他早回到当地三五天，而且人家买时的价格比他买时便宜得多，那他就只能压价、压价、再压价，最后以甩卖的方式卖橘子，把前几趟挣的钱一股脑儿赔进去。比如说，他到河南东部把无籽西瓜运到我们豫西山区里，可偏偏回到家里赶上一场连阴雨，那一大车西瓜就只能眼看着烂在了自家屋子里，最后像倒一车泥样倒在门口的水坑里。

大伯为命运和生存的努力，如一台空转的机器般，因为赚钱了，老天紧赶着一定会让他狠狠赔一下；因为赔钱了，就又不得东掏西借，凑足本钱，重新去做一场买卖和生意。到头来，他就那么日日地劳碌和奔忙，似乎赔了又赚了、赚了又赔了，如西西佛的神话般，能否把那块滚下又推上、推上又滚下的石头最终推上山顶去，已经不是一件重要的事，重要的是西西佛的命运与经历。经历才是生命的一切。经历本身不包含太多的意义，可经历的本身，就是生命的本身。我大伯就这样，做着这样赚了就赔，因为赔又必须要赚的圆环生意，每一次都是开始，每一次又把终点的脚步踏在起始的脚点上，直到另一场灾难的到来，才终止了他这周而复始的日子，终止了岁月往复对生命空转的消耗。

在一次去邻县灵宝运卖苹果时，我大伯家的第八个孩子，我的那个总是笑声不断、最为开朗的连云妹妹遇到车祸了。这是我大伯和大伯一家在我铁成弟弟离开我们一年多后的又一场大灾难。那一天，已近着黄昏时，他们运苹果的汽车停在路边上，突然从迎面开来了一辆大卡车，因为司机喝了酒，那卡车迅速开过来，撞在我大伯家的苹果车上，站在路边的我妹妹尖叫一声，那便是她一生留给这个世界最后的呼唤和对人生命运的呼应与留恋。

自此后，我这个也才十七八岁的妹妹，从这个辛劳的世界上消失了，去和她的哥哥铁成做伴了。

自此后，我大伯不再奔波那圆环买卖了。

自此后，大伯在很多时候都沉默不语，一个人独自站在村头，望着村后那葬了我弟弟、妹妹的山坡。没人知道他在这时想了啥，也没人知道他这时候对人生、命运与生死有何样的看法与认识。

有一天，是深秋的时候里，我在豫东开封部队军机关的家属院正走着，忽然有人告诉我，说我家里来人了，在我家门口等着我。慌忙地赶回家里去，看见大伯疲惫地坐在我家门口一棵冬青树下的水泥台子上。于是间，我紧走几步，到了大伯面前后，却又猛地淡下脚，站下来，吃惊地叫了一声："大伯。"

大伯没应声，只是扭头对我苦笑了一下子。

我说："你怎么来了呢？"

大伯仍然没说话，只是很无奈地望着我。

慌忙开门把大伯让进屋子里，让他坐在沙发上，依着我老家的习惯，没有立马给大伯倒水喝，也没有像迎接别的客人样，给大伯泡一杯茶叶水。我的老家不产茶，所有的人都没有喝茶叶的习惯和奢侈。我以最快的动作，打开煤气灶，去给大伯煮了几个荷包蛋。将荷包蛋端在我大伯面前时，大伯望着我，以极平静的语气对我说："连科，你妹妹连云不在了，在灵宝县出了车祸啦。"

我愕然。

脑里"轰"一下，呆在了我家那间十几平方米的客厅里，望着我大伯，不知为何，我突然想在大伯面前跪下来，想要扑在大伯怀里呜呜呜地哭一场。那时候，我木在那儿没有动，许久没说一句话，泪像雨样挂在我脸上，似乎屋子里到处都充满了嗡嗡嗡的响。

大伯看我不说话，看我泪流满面了，就有意地在他脸上挂着把事情看轻看淡、风吹云散的笑。然而，他让我看到的笑，在他脸上却依然是掩饰不住的苦笑和苍黄。大伯笑着说："你妹妹连云不在了，我在家里闷得很，想到你这儿走一走。"然后他端起那碗荷包蛋，没有吃，只是端在手里说，"连云都走了很长时间啦，你不用伤心，这都是她的命。是她的命让她这么小就离开我们的。"

接着过一会儿，大伯又补充着刚才的话："也许走了好，其实人活着也是活受罪。吃不完的苦，受不完的罪。"说到这儿时，忍不住悲痛的大伯也哭了，泪就掉在我给他煮的那碗金黄白亮的荷包蛋碗里，像不间断的房檐滴水砸在凡俗世界的水面上。

为了不让大伯哭，我给大伯递了擦泪的湿毛巾，对大伯说了句东不搭西的话："天快黑了，大伯，你想吃些啥？"

大伯擦了泪，回我说："随便吃些吧。"

刚好那天我妻子带着孩子回她娘家了，只有我在家。我是一个不会做饭的人，妻子不在家，我一般都是只吃方便面。我当然不能让大伯吃我做的方便面。于是间，打开冰箱，看有妻子为了回家提前给我准备的蒸米饭，我就给大伯炒了鸡蛋米饭，做了所谓的榨菜肉丝香菜三鲜汤。把炒米饭和汤端给大伯时，我心里有着一份内疚感，觉得应该带大伯到市里好好吃些啥。可那时天黑了，那时我和大伯都两眼湿红，也怕走在军营让人看到我们的哭相问什么，也就只好那样凑合着吃了一顿饭。

到晚上，妻和儿子没回来，我和大伯在家把话说到深夜才睡觉。主要是大伯说，我坐在那儿听。听他说他们弟兄间的事，说我们姊妹兄弟间的事，说他的父辈，我的爷爷弟兄间的事。到今天，我已经忆不起大伯给我说了那么多的话，而其中心的提要是什么。但我却记得，大伯说得很流畅，像他把大半生郁积在心里的话全都给我说了呢。

直到深夜的深夜我们才睡觉。

第二天，大伯起床晚。在他醒来时，我已经去街上给他买了豆浆、油条啥儿的，并去找领导请了一天假，计划带我大伯到古都开封的市里好好看一看。可大伯吃了早饭后，却忽然又要回家去，说他前年到开封看过了；说他不爱到城市转转看看的；说他这次到开封，就是想找我好好说说话；说昨夜说了一夜话，现在他心里轻松得多，也开阔得多。

大伯说他已经有两年心里没有那么轻松顺意了。

说他心里轻松了，就想回家了，而且是一说回家就恨不得立刻坐到回家的火车或长途汽车上。

也就只好让大伯回家去。

慌忙着给大伯整了些水果、衣物让大伯带回去。想到大伯大半生的每年冬天都没穿过太暖脚的靴，我便又把一个专管军被仓库的朋友找出来，到那仓库请领导签字批条子，买了一双带羊毛的军用大棉靴，并给大伯了七八十元的零用钱，便到车站去买票送我大伯了。可把大伯送到长途汽车站里分手时，没想到大伯给我说了句直到今天想来都让我倍感温暖而又心酸的话。大伯临走时，笑着对我说，我昨晚给他炒的鸡蛋米饭很好吃，特别香，说他一辈子没吃过那么香的饭，说下次他再来开封了，什么都不吃，还吃我炒的那种蛋炒饭。

歇息

可大伯再也没有到过开封去。

再也没吃过我给他做的那种蛋炒饭。

再也没离开过我家的那个村落到别处去走动。

日子是一天一天增多的，岁月是一月一年累加起来的。增多着，累加着，我大伯家的那些孩子们——我的那些叔伯弟兄和妹妹们，也都一个个结婚了、成家了。他们就像一片苗圃的树苗样，长成一棵就移栽到别处去一棵，让他们自己在日子的风雨中，独当一面地经历那属于他们自己的欢乐、悲苦与命运。而作为我大伯的尘世与世事，就是让他们在这一方苗地里，生长旺茂后，帮着他们把他们的命运像移交一本神秘之书样，把那神秘的羊皮书交到别处去，交到他们自己命运的手里边。

也就一个个地成家、分家了。

一个个地有了新的宅院和瓦屋。

到我们叔伯弟兄中排行老九的九成结婚后，我大伯已经做完了他一生念想并为之奋斗的人生大事了。我的发成哥，因为在大伯家的八个兄妹中排行为最大，便理所当然地、更多地承担起了帮助父母和弟妹们的责任和义务。他也就毫无怨言地承担了这一切，不光自己先学习匠人之工技，而后还自学设计和组织，很早就在村里组成了一个建筑队，让我的那些叔伯兄弟都去做工匠、干小活，虽然辛苦和疲惫，却是让我们整个阎姓家族中日子苦难的人，都有了些挣钱的机会和可能，都在艰困的日子里，或多或少有了家用和补贴。而更为重要的，是让我大伯终于在该歇息人生的年龄里，不再像村里更为贫困的农民样，到六七十岁的高龄时，还必须为油盐酱醋的零用犯头痛，为农忙的抢收和抢种，到田地间没日没夜地佝偻着腰去劳作和辛苦。

我大伯终于可以在农闲时和闲人一样在村头转着走动了。终于可以在冬天的晚上，围着火炉看上电视了。终于，过上了世间老人应该过的安闲日子了。大伯在一次我出差拐回家里时，笑着对我说，他过上了好日子，儿女们都孝顺，时常给他钱，不干活，吃也不愁穿也不愁了。说这话是在大雪天的寒冷里，大伯坐在开着并不看的电视下，把手伸在火炉旁，脚上穿着我给他买的那双羊毛军用靴，对我说那靴子暖得没法说，穿上它无论走到哪儿，整个冬天都不冷。还笑着对我说，吃穿不愁了，可他还是觉得那次我给炒的蛋炒饭，香得让他忘不下。

我希望大伯能出去旅游去，希望他到大城市里走走和看看。当然，我也笑着说，有机会我让我妻子——他的侄媳妇好好给他做一顿蛋炒饭，说她特别会做饭，我做的蛋炒饭就是跟着她学的。

我和大伯约好明年一开春，他就再到开封去，我好好带他到那宋朝的古城转一转，由他的侄媳妇好好给他做上几顿饭。可是真的到了下年的开春时，大伯没有去。

夏天也没去。

以后都没去。

大伯偏瘫了。

因为脑血栓。虽然血栓有了控制，但从此大伯的行动便没有那么方便了。从此后，他就冬天每天都坐在门前的太阳下，夏天坐在路边那瓦房的门楼过道里。社会大不一样了，农村人的岁月，也确实比着先前的暗黑有光有色了。先前我的父辈们，用毕生的精力，在为吃穿住房而奋斗，为给子女盖上三间土瓦屋，让子女娶妻嫁人时，有可以说得出口并能以这看得见、摸得着的条件为成家立业的人生资本。可现在，那些土房瓦房忽然过时了，像还未及长成就已枯朽的树木样，只能干枯地竖在田头、路边、山野上，告诉人们它们曾经有过的几天、几年的辉煌与生命，宛若没落的贵族子弟站在现代的都市，回忆他们古旧的生活般。从二十年前开始，我们村的人再盖房屋时，都开始追求浑砖到顶的“青堂瓦舍”了，后来再盖就是楼房了。而现在，盖房的不叫盖房了，而叫“建房”或者叫“建筑”，并在这“建筑”中不懈地追求着城里人的厅式和样貌。虽然每一脚时代的步伐从乡村抬起时，城里都早已落下左脚，抬起右脚，向前走了几步、几十步，可这种被当作文明的追求与热情，却年年如火样在烧着乡村人的心。所以说，当我们村头、村街上坐落下一片落伍却被乡村看成时新的建筑时，我大伯用他的血汗最早盖的那三间土瓦房，卧伏在村头的路边上，对于时代，如同堆在岁月中被岁月的荒草掩盖了的一段记忆般，而对于我大伯，则是他人生段落中的一柱石碑或人生纪念碑。

是他命运最为疲惫和辛劳的路标与见证。

那三间瓦房已经没人居住了，但大伯不是天冷了坐在那房前晒太阳，就是天热了坐在过道纳凉儿，仿佛大伯一生的劳作与盖房，就是为了让他在年老后，由那房子陪他度过晚年样，如陪他度过晚年的轮椅、拐杖和寂寞。

后事

大伯偏瘫的消息是母亲在一次长途电话中告诉我的。

然在20世纪90年代初的一天里，我回到老家时，一进村看到大伯独自坐在门口的树荫下，拐杖放在他身边，为了让他能方便地擦手、擦脸和因为半身不遂常流的口水啥儿的，家里的谁，像给孩子的胸前系上一条手绢样，给大伯的布衫上缝了一条布手绢。我看见大伯孤独地坐在那儿的一瞬间，心里沉一下，泪水差点流出来。那一刻，我在心里感叹道："人生啊——人生！"

然而大伯看见我，却一如往日的兴奋和激动，脸上挂着笑，飘着红亮亮的光，想动一下身子时，被我快走几步按住了。那时我把给大伯带的东西留给他，放在他身上，大伯却忽然问我说："听说你想把工作调到北京那儿去？"

我朝大伯点点头。

而后大伯沉默一会儿，说调往北京如果是为了提拔做官那是应该的，如果不提拔、不做官，越调离家越远就没有必要了。大伯说我父亲不在了，只留我母亲在老家，我应该把工作调得离家近一些，应该把母亲照顾好才是大事情。之后大伯就催我赶快回家去，说我母亲在家等我回去呢。就是那一次探家时，我决计在我老家给大伯炒一碗鸡蛋炒饭端过去。可和我母亲计划这些时，母亲说大伯有病后，是更爱吃大街上的烤红薯；说我哥嫂从县城回来常爱给大伯带一些从城里路边买的烤红薯，又金又红，香香甜甜，大伯说那个才好吃；说我那些叔伯兄弟和嫂子弟媳们，对大伯都尽心孝顺，买吃买穿，很少让大伯受什么罪；说村里有几个得了脑血栓的人，大都很快下世了，就是抢救过来落下偏瘫后，也都没有我大伯的状况好。

大伯生活能自理，可以到处走动，和人聊家常。母亲反复说，大伯家的孩子、媳妇、女儿、女婿，个个孝顺实在，人真心真，只是大伯到了享福的年龄，有了享福的条件反而有病了。那次探家到期前，我又去看望大伯时，大伯跟我谈到了他的生和死。

大伯说：“连科，我怕活不了几年啦。”

我说：“怎么会？”

大伯说：“死倒不可怕，你爹下世多年了，他在那边等着我，我到那边也不寂寞。还有你弟弟铁成和妹妹连云，我常梦见他们呢。”

我说：“大伯，你别乱想。”

大伯笑了笑，把靠在他身边的拐杖从身子这边挪到那边去，像小孩子有了不该有的要求有些不好意思样，又像为有了那样的要求和打算，有些坦然、有些骄傲样，说他已经跟我发成哥他们说过了，和我的大姐、二姐也都说过了，说他一生好“排场”，再穷也要盖瓦房，孩子们娶媳妇，一定要客人吃够、吃好还要走时再拿些好吃的。说在村子里，凡是由他经手办的红白事，他都是能大勿小，能多余不节俭，就连谁家死人了，孝子的孝帽、孝衣短小了，他都看不上眼。说他希望到他死的那一天，由闺女、侄女和外甥女们负责的“纸扎”“社火”，一定要比别人死后的多。

说村里人死后一般的孝子都是几个、十几个，最多不过几十个，可到了他死后，因为家族大、辈分高，一定要组织好晚辈们，让孝子的队伍最好超过一百个。

说请的响器班，一定要乐技最好的，最少要请两个响器班，让他们这班吹累了，那班接着吹，都不累又人多的时候对吹赛擂台。

大伯给我说了许多他对后事的安排和打算，并说关于棺材、寿衣、孝布、纸扎、社火等人生之后需要的，他都给我的哥哥、弟弟和姐姐、妹妹布置安排了，而我要做的，就是不要到了他突然下世时，因为路远工作忙，赶不回来给他去送葬。

我笑了。

笑着对我大伯说："真的到了那一天，就是我人在天边也要赶回来。"

而后大伯放心地点点头，宛若他把一件事情布置落实了，他可以坦然离去了。可在落实了这些后，大伯又忽然想到另外一桩事，他问我："我死了你能回来，你媳妇小莉她能回来吗？"

我说："她当然得回来。"

大伯不相信："人家是'外头人'（城里人），到时候她不回来你咋办？"

我笑笑："她不回来奔丧就离婚。"

大伯也笑了。

他笑得自足、自然，仿佛他把自己身后的一切——事无巨细全都落实妥当后，剩下的事，就是安安静静地坐在阳光下，或者过道里，等着死亡，等着生命最后一刻按部就班地走来或突来。仿佛，生命与死亡在大伯的眼前，是能看见的时间和物质，如同行动着的物体与走动的脚步样，正从哪个方向朝大伯不慌不忙地靠来着，一步一步地接近着，如他坐在树荫下时抬起头，看到一片发黄的树叶从树梢摇摇身子落下了，没有风，没有雨，只有一种平静和温暖，只有温煦的阳光包围着那片叶，让它在宁静和美的状态里，因为自身的形体与结构，从空中不急不缓，打着旋儿朝着地面落。而地面上的哪一处，那一处中生命中的一个点，正是大伯的躯体和目光。大伯凝目在那一处地界里，看见了那片黄叶的下落和旋转，也正是他生命最后下落的气息和平静，是他人生中最为安详宁静的一刻。只要它落下，大伯的生命就结束了。而为了它的落下不那么匆忙和急促，大伯不仅不再害怕它的下落与死亡，而且还在那儿静静地等着那个落下与结束。仿佛大伯明白人生无休无止的疲惫与辛劳、奔波与周旋，其实都是最终为了这一刻——死亡和消失。

大伯对死的坦然让我震惊和尊敬。

大伯对生死关系的理解没有跟我细谈过，但我坚信大伯因为对死的认识也会对生有新的理解和领悟。大伯不识字。也许正因为不识字，不需要把生与死上升到知识分子理解的哲学高度里。因为不识字，也无须从因为在书本上读到了几句只言片语、令人悲伤的生死观，而对虚无论有着钻牛角尖般的痛苦和惊慌，从而因为无可遏止的年老、疾病和死亡的到来，终日把自己安置在无奈和惊慌、心悸和悲伤的沉默叹息中。也还许，正因为大伯不识字，因为大伯是农民，因为大伯和所有乡村的人一样，或多或少地有些迷信，相信着来世和去处，也才使他对生死有那样的坦然和轻淡。我在想，就是大伯不相信有来世，也一定相信人生是有着归宿和去处的。所以，大伯在面对死亡时，才能那么早就显出了坦然和镇定、平静和自足，对人生归结去处的路道和归途，有了那样世俗却又超凡的修补和安排。

对，大伯一定是相信着人生是自有其去处的。

因为相信有去处，才能显出去时的平静来。一个人，哪怕他相信的是迷信中的轮回观，那也是佛教中对生死的解说和注释，是宗教于生者对死亡的安置和抚摸，是对生命最为本根的呵护和尊爱。

我知道，大伯是不明白佛教、道教、基督教、犹太教和伊斯兰教的人。可他不识字，这也正好让他一出生在那块土地上，就天然地因为对所谓“迷信”的理解，反而认识了宗教的生命观和死亡观，相信了来世与今生、死亡与去处，成了面对死亡反而最为淡漠、平静的人。在面对死亡时，有两种人最为坦然和平静：一是真正的大知识分子们，因为他们能把生死的关系厘出头绪、显出见解，上升到哲学的高度去。上升到哲学的高度后，死亡就没有那么可怕了。因为他的死是哲学的诞生和证明，也是生的延续和延展。二是如我大伯这样一些不识字的人。这些农民们，相信人生的归宿和去处，可以比较简单地认识到死亡即便不是一种新的开始，也是从一种环境到另一种环境的转移与转换。而面对死亡最为痛苦的人，正是我们这些识字又读书，可又读书不多、思考不够的人，既不能把死亡升华到学理的境界里，又无法简单地去相信死亡是生命的转换与转移，无法相信人生是有着自己的去向与去处的。

终于地，面对死亡时，我们成了无数、无数虚无主义者中的一个或一员。而正因为自己认识了一些字，读了一些书，明白一些所谓的生命观和死亡论，所以我们痛苦、消沉和享乐，缺少了那种面对死亡时，如我大伯样的平静和安详。在很长一段时间里，甚至是从幼年直到中年后，我都是一个恐惧死亡的人。每每想到死，常会不寒而栗，暗自泪下，对什么事情都不再有兴趣。可在那次和大伯的谈话后，面对死亡我有些坦然了。我不相信人在死后灵魂的存在和去处，但大伯让我感觉到，生前能处理一些死后的事，那正好可以缓减生前对死的恐惧和压力。

面向死亡

大伯是2006年农历正月二十六日下世的。

从大伯生病为死亡准备时，他整整又活了十年。从他七十二岁到八十二岁的十年间，大伯的生命是在和死亡聊天、说话，彼此平和相处之间度过的。八十二岁，在我和我们兄弟的记忆中，这是我们家族里比较高的一个岁数了。但在大伯的命运中，似乎他应该活得比这个年龄再大些，因为他是能够同死亡平和相处的人。在我的观察里，所有的高寿或长命百岁的人，除了他的生理、医疗条件外，之所以长寿的重要原因，就是可以把死亡当作朋友了。不惧怕死亡，而把死亡当作了敌人的人，会为了生命而争斗，反倒最终用力过度而消耗了生命去。反过来因为惧怕死亡，虽不去为生命争斗而消耗生命，却会因为惧怕而更早地招致死亡的到来或突袭。可那些能够把死亡当作朋友、同事、亲友，甚或是亲人的人，因为与死亡可以平和相处，同室一居，同言同说，晨起而乐，日止而眠，视死亡是生命的幕僚和命运最后的亲近者，恰恰会因为生命在即将终止时，因为死亡和他们无碍的相处，使死亡忘记了它回程的日期，于是他就可以在人世多待一些时日和岁月。

我以为，我大伯是我们家族里与死亡相处最安的人。他之所以能够那么早就平静地安排好自己的后事，皆是因了他这一生前三分之二的生命中的琐碎、苦难和活着的坚韧，让他在后三分之一的生命历程内，得到了子女们孝心的回报与他对苦难的知足而乐的回应，从而使他不仅相信死亡是生命走向另一去处的起程，而且，也是某种转移与转化的另一种开始。这样，如同死亡就是农闲时的赶集样，在乡村农民人生的晚年，简单的吃饱穿暖、儿女满堂的人生，也正是一年中的农闲季节。既然是农闲，既然死亡是农闲时的一次出门赶集或到邻村亲戚中的生命走串，那就不用那么着急上路，那么仓仓促促了。

在哪里似乎读到过这样的话，说死亡是来邀你上路走串的一个画面悲凉，抑或是印制华美的通知书。那么，既然通知已经到达了，就先不要急于打开那函书和信封，不要急于去看那通知上的日期和说辞，只知道那通知已经到来就够了，把通知的函书放在床头或者桌角上；再或索性夹在你书架的某一册书页里；再或者，就随手夹在农家屋院那大红大绿、有些俗气，却的确鲜艳的年历的背后边，该忙什么就忙着什么去，下雨了打伞，天热了扇风，一切都让原有的生活不因为那通知的到来和提醒而发生变化和改变。横竖你要记住这一点，死亡的函书日期将至时，你忘掉起程的日期后，那么通知就没意义了，死亡也许就不再给你寄达新的函书了，而后也许它就会亲自登门了。

在死亡登门到你的面前时，你不要慌乱，不要急促，不要不知所措或对死亡呵斥或怒骂，就像怒骂一个不受你欢迎的客人或敌人。它来了，你就把它请到屋子里，请到桌子边，请到床头前，以礼相待，平暖相处，聊天喝茶，静气而开心；也或许，你们谈着谈着，聊着聊着，来邀你、请你，或挟持你从此地到彼地迅速上路的死亡，也会忘了它的使命和起程的日期了。

这样儿，你就高寿了，从死亡的手里或者口袋里，要回了或说让它奉赠了你几天、几月、几年甚或十几年或者几十年的生命和美好。

从我大伯生命的历程和他最后生命的十年里。我不能定断他明白与死亡相处的秘诀和密码，但他却有意无意地证实了这一点：正是他与死亡的平和相处，才使他总是多病而无恙。可也正是他只是有意无意模模糊糊了这一点，而不是明了牢记这一点，才使他在八十二岁时，因为忘记了死亡的存在，忘记了死亡始终与他如影随形，朝夕相伴，只是因着他们相处得过久，并过度相熟时，大伯忽略了死亡在他身边的存在和跟随，而最终导致了死亡在凡尘滞步的惊醒，死亡便在一怔之后，灵醒了它的使命和归期，一下子就把我的大伯带走了。

去处

大伯是在冬天烤火时，起身添加柴火不慎摔倒在火边猝死的。如果大伯那天不烤火，如果大伯那天记住自己是病人，添加柴火时再慢一些儿，如果大伯记住自己十年来，生活基本自理可终归还是个偏瘫的人，他就不会摔倒在火盆边，就不会因为这一摔，惊醒了死亡的记忆，而让他很快地离开人世，离开我的那些叔伯兄弟们。

从大伯摔倒到送进医院里，这不到二里的路程，大伯没有走完就同死亡一道起程，从此地往他的彼地走去了。

他去了，子女们完全按照他的愿望安排了他的后事和葬事。请了两班乐技最好的响器班，买来的纸扎和社火，多得使他的灵棚前边摆不下，不得不摆在灵棚外的路两边。为了让他死后对子女们彻底地安心和放心，那次安葬，还把我的铁成弟，进行了“冥婚”的仪式，并一道把铁成弟弟和弟媳的骨棺随着大伯送进了祖坟里。

我是在大伯死后的第二天夜里赶回家里的。月光明亮，冬寒未尽，村头上宁静而空旷。大伯灵棚那儿的灯光，在静夜里照着人生的一些暗角。回家奔丧的那两晚，我睡在大伯身下的麦秸草里守着灵，待夜深人静时，我起床去大伯的头前换那将尽的燃香那一刻，我听见大伯给我说了如下几句话。

大伯说："人生啊，活着就不要特别劳累你自己。"

大伯说："北京离家远，城市也大得无边无际呢，你在那儿烦了闷了就多回老家走一走。别忘了我们是农民，别忘了你是这块黄土上的人。"

大伯说："你年轻活着时，要好好和生活相处在一起；到你年老，疾病和孤独降临时，你一定要和死亡好好相处在一起。别忘了死亡其实每时每刻都如影随形地跟着你，也别每天都记住死亡每时每刻都和你在一起。"

在大伯死后的第三天，我们兄弟十几人和姐妹二十几个人，加上大大小小的晚辈和同族与亲戚，共有孝子一百二十几个人，组成浩浩荡荡的白色队伍，在民乐声中把我大伯热热闹闹送进了几里外山坡上的祖坟里。安葬了大伯后，望着同我父亲的坟墓并排在左的一堆新土，在所有的孝子都离开坟地后，我们弟兄在那新土的前边，点火烧了那一堆一片的花圈和纸扎，直到最后的火焰熄灭后，在能听到纸灰飞舞的寂静里，我对大伯说：“你好生静待在这儿，我们弟兄们会好好活在这个世界上，直到有一天我们也到这儿来。”

第四章

我的四叔

日 子 与 生 活

四叔是去年国庆走离这个世界的，我不知道他选这个日子离开，是蓄意还是无意。四叔离开我们时，周岁还不到七十岁。这个年龄说不上大，也说不上小，但想到四叔的一生，想到我四叔一生的生活时，我很少想到生命、生存那样的事，而更多想到的，是活在这个社会上的生活和幸福。

我很想借助我四叔的一生，去弄明白什么是生活，什么是幸福。

城里人把“日子”叫“生活”，乡村人把“生活”叫“日子”。这似乎是对同一人生状态的不同说法，但其本质的差异，却有着天壤的不同。“日子”更多的含意是，“一天加一天，天天都是那样儿”，它单调、乏味、无奈、消耗人的生命，而你又无力去改变；可“生活”，却给人的感觉是丰饶，它有色彩，有人气，有宽阔的马路，有明亮的路灯。也许，你一生不去公园，不进图书馆，不下游泳池，可图书馆、游泳池和美丽的哪怕是废弃的公园，却在你的生活中依然如故地生成存在着。生活似乎是可以改变的，似乎是可以以人的意志去转移变化的，尽管在许多时候不是这样儿。但日子，却似乎是冥顽不化、恒久不变的，历朝历代、祖祖辈辈都是那样儿，尽管在许多景况中，事实也不是那样儿。对于生活而言，日子是一种贫乏和愚昧；对日子而言，生活是一种向往和未来。日子是一种被遗弃在宽广山野而又冥顽固劳的荒石；生活是被养育成长、四季有变的花草树木。如果日子是一棵草，那么，生活就是一株花；如果日子是一棵树，那么，生活就是一处坐落在城街中心、四季常绿的公园了。当然，花草、公园都易于损害和废弃，而荒野的石头和旷野中的树，则更为坚牢并有抗拒性。正因为这样，我们这个社会，面对“生活”时，总是那样小心翼翼，精心呵护；而面对“日子”时，却刀砍斧凿，大手大脚，随心所欲。说生活是我们这个社会的亲儿子，日子是这个社会后娘养育的，仿佛有些庸俗和过界。但是如果说，生活是被父母喜爱，并总是穿得花枝招展的漂亮女儿，而日子却是被父母依靠，并总是被打发出去做工挣钱的儿子，也许就平正真实、恰如其分了。

我们不能说，是日子养育了生活，但我们是否可以说，在父母只有一个馒头时，面对日子和生活这一双儿女，他们没有一分为二地把馒头平均分开来，一半给日子，一半给生活，而是分成了一多半和一少半，或者三分之二和三分之一，再或者，是四分之三和四分之一，多的给了生活，少的给了日子。甚或有时候，因为只有一个苹果，也就习惯地、不假思索地把苹果给了生活，而日子口干舌燥、焦渴难耐了，只就顺手递给了它一口水。

这样的分配和养育，这样的成长和劳作，这样的同在一轮日月下，却无法获得同样的日光、月色及和风与细雨，自然，生活成了日子的幸福，而日子成了生活的厌烦和唾弃。于是，生活成了一种轻松与快乐、明媚和期冀；而日子，则标志着沉重、烦闷和无休止的日复一日的无意义与别无选择的无奈和无聊。

一件布衫

四叔是最早让我感到生活与日子差别的人。

四叔在河南新乡的潞王坟水泥厂里做工人。在我儿时的记忆里，每年四叔从新乡坐着火车、转乘汽车回家探亲时，都让我着迷和向往。我不在意那个生产水泥的工厂有多大，不在意四叔在那个厂里做什么，是被人管着还是管着别的人，可每每四叔一年一次，偶尔是一年两次地探亲回来时，我都向往四叔坐的火车和汽车，羡慕四叔穿的制服和不是粗布而是各种斜纹的机织洋布做制的上衣和裤子，还有四叔穿的皮鞋和尼龙袜、夏天回来时头上戴的大檐遮阳帽、冬天回来时手上戴的白手套。我坚信四叔过的日子叫生活。而我们过的日子只配叫日子。在我十二三岁时，第一次从大姐的床头偷看的第一本小说是《西游记》，第二本是我忘了名字的外国都市爱情小说。从那本好像是英国的小说中，我知道了“生活”这个词，隐隐地觉到了“生活”和“日子”的差别在哪儿。而“日子”展现在我眼前的，一切都是看得见，摸得着，可感可触，并且我一出生就一天一天地经历着。而“生活”的幸福和神秘，却像一本我已经知道它在哪儿却无法拿在手里打开来的书。

四叔是我想要打开那本书的第一页。

四叔也是我向往的幸福生活之书的第一页。

我曾经像无数的乡村孩子样，问过我四叔：

“火车大吗？”

“火车很长吗？”

“一列火车上能坐多少人？”

“火车的轰隆声，是不是它响在山那边，我待在这边都能听得到？”

关于火车，关于乡村之外的另一个世界的模样，我最早所知的，都是四叔告诉的。他告诉我了城市的马路都是水泥地，告诉我了城市的夜晚灯火通明，彻夜不熄，马路上无论有人无人，电灯都是从天黑亮到来日东方发白才暗去，并且还说灯泡的大小论瓦算，最小的灯泡是十五瓦，十五瓦的灯泡亮起来和一百个煤油灯同在一间屋里燃着一模样。

我似乎知道城市的模样了。

似乎已经分辨出生活和日子的差异了。

我觉得四叔的生活是幸福的。而我们的日子，哪怕是幸福的，可比起四叔的生活，它也就不再幸福了。我希望从四叔的生活中，把那幸福要过来一部分，填补到我们不幸福的日子里，就像把一处河流里的水，引过来浇灌一处干渴的田地般。我就在这渴望的日子中，一天一天地长大着，终于就由小学升到初中了。终于的，就在那年夏天盼到四叔探亲回来了。也终于，看到了四叔回来时，穿了件白底蓝格儿的花衬衣。那衬衣的布料不是土织布，也不是斜纹机织布，而是一种细腻、光滑的“的确良”。村人们拉着四叔的衬衫问：“这是什么布？”四叔说：“的确良。”村人们便都水落石出地见到了大家只有耳闻而无缘目睹的、盛行于那时都市的新品了，便个个围着我四叔，围着那布衫说了许多许多的话，表示了对都市的羡慕和对乡村的厌恶感。

我远远地站在一边上，知道了那布衫其实不是布衫儿，而是一种幸福和生活。

我渴望得到那幸福和生活。

这样儿，憋足了劲，在村人们都从我四叔家里走了后，四叔独自往他家的屋里走去时，我紧随其后，说了一句惊天动地的话：“叔——把你的布衫给我吧。”

这话让我四叔有些吃了惊。他站在那儿怔了怔，似乎是在思索给我还是不给时，我不知是出于聪明的灵机，还是索要的本能，忽然我又红着脸朝四叔补充了一句话："给我穿吧，我都是我们班的学习委员了。"

四叔什么也没说，没有犹豫的动作和迟疑，脱掉那件他新做的布衫叠了叠，用一张旧的报纸包起来，塞到我手里，又拿他的大手在我头上摸了摸，像我大伯给了我一把糖后，在我头上摸摸样——那件布衫就成我的了。因为那糖、那布衫，直到三十几年后的今天，我都还能感到大伯、四叔在我头上抚摸的温暖和亲情，宛若永远不落的日光照在我的头上、身上和心里。

那天下午上学时，我迫不及待地穿上了四叔给我的白底蓝线格儿"的确良"布的花衬衫。说花不是那么艳丽和刺目，说质朴，那衬衫却色泽鲜艳，式样时新，胸前有一行六个银白的小扣儿——而我们乡村的布衫都是五个扣，许多时候还是布扣儿——它们闪闪发光，如用晶莹的玻璃或月光做制的。脖子下又尖又高的衣服领，硬挺挺地站起来，支撑着我的脖颈儿，结果连我的腰都给支撑得直直挺挺，傲傲然然，仿佛我是将军、皇帝的孩子到了学校样。

走进初中那古旧的校门时，我感着了羞怯和自豪。如我所料的一模样，一踏进学校的大门，穿过校门里的那架葡萄树，同学们的目光齐刷刷地横扫竖盯在了我身上。那一天，与那衬衣匹配的，还有一双母亲给我新买的塑料红凉鞋。我穿着它们，如同浑身上下都穿戴着师生们的目光般，从未有过的"生活的幸福感"，在我的周身漫溢和流动。

无论如何说，学校除了个别有城镇户籍、父母都领着国家工资的女同学，其余男生都还未及穿上“的确良”。无论如何说，我是学校数百学生中，第一个穿上它的男同学。无论如何说，在那个年代的日子里，在满校乡村的孩子中，我是最早体会到生活幸福的人，就像一个人不仅第一个见到了孔雀，还拿到了一支孔雀的羽毛样。

那一天，教语文的张老师见了我，摸了摸那衣服，笑着说：“这布真光啊，好好学习才能对得起这衣服。”

数学老师是女的，也姓张，是我们家邻居。她上课时跟没有看见我穿了那件“幸福”样，可在讲完课、布置完了作业后，她从讲台上走下来，到我面前弯腰拉着我的衣领看了看，没说衣服好不好，却很郑重地说：“努把力，你的数学成绩从班里前三掉了下来啦。”

那年的整个夏季，我每天上学都穿着四叔给我的“的确良”，就是穿脏要洗时，也一定要赶在星期天里洗。

那个夏季，四叔的假期满后走了时，我因为上学没有送四叔。可在一个黄昏的落日间，我放学回到家里后，母亲说我四叔又回他的水泥厂里上班了，说四叔在离家走之前，把他身上穿的一件“嗒嗒颤”的裤子脱下来，洗净叠好留给我穿了。“嗒嗒颤”是当年从日本进口到中国的尿素肥料的包装袋，那袋布是一种质地柔软结实的化纤布，待肥料用完后，两个包装袋刚好可做一件布衫或裤子。因为那袋布如绸子一样软，在风中飘摆不停，发出“嗒嗒嗒”的颤抖声，所以，豫西乡村就把那布叫作了“嗒嗒颤”。20 世纪 70 年代初，中国的城市和乡村盛行着那样“嗒嗒颤”的布料和衣服，正是日本那种尿素肥料袋，在很大程度上缓解了中国布料的急缺和短需。可惜事过几年后，日本人知道了中国人都用他们的“嗒嗒颤”布袋做衣服，便把那尿素布袋的包装改为我们今天到处可见的粗糙的“蛇皮”纤维袋子了。

再后来，日本人发现中国人不能用蛇皮纤维袋子做衣服，但却可以用那袋子做麻袋、粮袋用，一样地在日子中起着用途，促进着日子时，又将蛇皮纤维袋改为了玻璃纤维袋。玻璃纤维——顾名思义，是用玻璃做制的，皮肤接触那袋子稍久些，它让你浑身刺痒无比，看见那袋子，恨不得朝后退三躲五地藏起来。想起那年代，也许日本国那时的器量对中国人的日子似乎缺少一些无私的扶帮和同情，但毕竟有那么几年里，尿素的袋布成为一种时尚、一种幸福生活的组成曾经在人们的记忆和岁月中，成为广告招牌样的标记和象征。

四叔把他那条“嗒嗒颤”的裤子走时留给了我——它被四叔洗得干干净净，叠得方方正正，一样包在一张旧的报纸里。我从母亲手里接过那报纸，打开来望着那裤子，如同望着一面叠成方块的国旗般，有些温暖，有些慎重，对四叔的感恩如对国旗似的庄重样。

就在那一刻，我脑子里闪过出一个奢侈的念愿来——我这一辈子，能像四叔一样，到某个城市当工人，把本属我的乡村的日子改变为生活，那该是多么美好、幸福的一生哦。

静 夜

有一件事不能不提。

我四叔家里也要盖房了。盖瓦房，和大伯家竖在村口一样的新瓦房。这一方面是因为四叔家的两个儿子——我的叔伯弟弟长科和建科，一日一日地长高长大着；另一方面，确实是因为四叔在外挣工资，似乎经济上要比我们在农村的丰盈顺活些。说到底，无论每月四叔能挣多少钱，总是到了月底都有一份工资的。

因为有工资，没见到四叔如同大伯样，到河的对岸没日没夜地运石头卖钱，四叔家就决定盖房了。也许为了盖那房，其中有无尽的甘苦，只有四叔一家知道吧。可在那时我的眼睛里，还是觉得四叔家盖房似乎比别家风雨顺调容易着。那时盖房和现在不一样，今天你只要把钱交出去，将所有的劳作工程全都包出去，也就水到渠成、季来有果了。那当儿，无论谁家盖房和操办红白事，都必然会本着节约的原则去行为。为了省些钱，瓦房的屋墙都是土坯、木夯砌制的。为了这土墙，需要到很远的荒野地里把土运回来。社会的乡村建制是，人民公社社会主义集体制，下设生产大队和小队，每天死命地劳动一整天，一个工（十分）好的能挣一毛几分钱，差的狠命地干上一天十小时，结果每天只挣八分钱。可为了这一毛几分钱，所有的农民都舍不得逃工让自己休息一天或半天。可所有的村人、邻人家里有了大事情——主要是修房、盖房啥儿的，又不能不去相互帮着把事情度过去，让日子中没有一束日光也有一寸月辉的亮，没有月辉也有星星的一些清明色。于是间，这些帮工的活儿，就都放在了有月光的晚上干。

为了盖这房，四叔特地从新乡赶回来了半个月，他白天安顿、劳作盖房的一应务杂，晚上请村里人从野荒地里往房宅运黏土。请人帮工干活儿，自然自己是不能惜了力气的，必须要比别人更勤快、更舍得出力流汗，不知疲倦才可以。就这样日夜劳作了一周后，四叔累垮了。在星月满天的一个晚间里，我和四叔一道在山坡下的荒地刨着土，往那来往的板车上装满黏土后，看着人家拉着土车走掉了，四叔和我瘫坐在了那一片星月的荒地里。荒地里树影婆娑，云移影动，有秋天的凉风习呼呼地吹过来，还有蛐蛐白亮亮地叫，在草地田头脆咯朗朗地响。夜好像一首诗。就在这诗似的田园静夜里，我对疲惫的四叔说了几句我那青春时期最不该说的话。

我说：“人活着真是没意思。”

四叔有些吃惊地抬头望着我。

我说：“天天干活、盖房、吃饭，可一年到头累死了，到过年才能有一顿好吃的。”

四叔盯着我的脸：“你想咋样儿？”

我说：“我想不读书，不下地，和你一样出去当工人。”说完过会儿，又接着补充道，“只要能让我离开这儿就可以。”

四叔没有立刻对我说什么。他望着我们面前的村庄、房舍、树木和星光月色什么的，仿佛是盯着一本书，看了几页后，从中总结出了什么典意般，扭回头来用很轻、很随意，却是意味深长的语调对我道：“连科，你要对你爹妈好。你爹妈供你们读书不容易。人活着最不能忘的是父母亲的恩。忘了恩，人生在世也就白活了。”说完这些后，四叔又拿起镢头开始刨着荒地的死礓土，然刨了几下子，仿佛觉得我们彼此的言说不是十分对在话题上，他忽然又把举起的镢头僵在半空的月光里，扭过头来对我道：“天下没有一碗好吃的饭——想离开家了，等你高中毕业和叔一道到外边干活去。”

这是我在初中时，四叔于我说过的最为郑重的几句话，日常浅白，平淡无奇，也似乎没有太多的蓄谋和意义，及至牵扯到人生、命运上去，也都没有直接的作用和效力。可那句“天下没有一碗好吃的饭”，在今天我回忆四叔时，却让我感到意外地悲痛和深刻，让我无法忘记四叔似乎不是生活在“日子”中，而是生活在“幸福”里的判断，是那么地荒谬和幼稚，就像一个孩童看见了一颗一闪而逝的流星后，就狂妄地宣布说自己发现了一颗行星样。

两年后，前后加起来，四叔家盖房断断续续准备了将近七百天，终于在我刚读高二时，那房子从地上艰难地竖将起来了。那几年，因为我家的日子秋风枯叶，就在四叔把房子盖起时，父母在我的一再请求下，同意我辍学同四叔到新乡潞王坟水泥厂里做了临时工，目睹了四叔的生活和我以为的幸福与尴尬。

一桩事情

四叔是水泥厂运料车间的一个大班长。所谓班长，是一个车间要实行一日三班，每班八小时的倒班制，而这每班的工作中，运料、输送、破碎、机械维修，又由几个小组分工合成。四叔就是一日三班中一个班的负责人。原以为，这个班长可以像农村的生产队长样，把活儿分给社员群众后，自己这儿站站，那儿看看，就把出力流汗、风起云涌，变为静平闲淡、事半功倍，却原来，他除了班里的各种务杂烦泼需要处理外，每个工作小组有人休假了、人手不够了，他就必须顶缺到那个小组去干活。而每班几十个工人，每个工人每年休假一个月，每个月又都有三个两个工人要休假。这样儿，四叔就像一个万能的螺丝钉，一上班不是被拧在这个点儿上，就是被拧在那个点儿上。

还有他同意人家休假了，人手不够时，他一颗螺丝不能拧在两个位置上，也就索性加班把休假人的工作——其实是和种地一样的另外形式的体力活，一股脑儿干下来。我曾经对我四叔说，既然当班长比一般工作还忙、还累，那你何苦呢？四叔说，每天有三毛钱的补助呢，你忘了在老家干活一天才挣一毛多钱吗？

原来是这样。

我似乎理解一些什么了。

有一次，他们班里已经有两个工人依照规定休假后，可机械维修那个组，又有个工人家里母亲有病不能不回去，四叔就偷偷准了那个工人半月假。这样儿，四叔作为班长，作为是各个工作小组的机动螺丝钉，就必须把这几个空缺都拧着顶上去。于是间，他连续二十天，每天在这个岗位干上几小时，再在那个岗位干上几小时，每次下班都累得顾不上洗脸就往床上倒；而且运料车间的机械经常坏，这一班坏的机械不能留给下一班，下一班的工人也不愿替上一班工人去维修，而机械班里的那个工人又是四叔让人家休假的。那么着，事情便简单而明了，就是属于那个工人的维修活儿，都必须由四叔加班加点干。在月末的一个星期天，我在宿舍等四叔下班回去吃饭，直痴等了一个多小时，还没见他人影儿，也就找到他们车间里。水泥厂是最富饶尘灰污染的，偌大的工厂大院里，没有一块地面不铺着厚厚的灰土和粉尘。厂里的男工还好些，女工们一天到晚都是戴着白口罩。走在水泥厂的厂房大道上，你看到的人都没人样儿，个个都是穿着生硬黑蓝的工作服，头上戴着一闪一闪有着大护耳的工作帽，脸上捂着又白又大，却只有鼻下、嘴前有着一块因为呼吸而污黄挂渍的纱布口罩儿。还有厂里的机器声，轰轰隆隆，隆隆轰轰，每天每时都宛若响在春二月的惊蛰雷。我就从这雷声和上班、下班看不见一张完全面貌的工人中间走过去，到工厂那边临着矿石山脉的运料车间找四叔，最后在破碎机下看见他时，却看到机器上边有四个工人正在打扑克，而只有他一个人钻在油腻的机器下边维修着。

我看了看那些工人们，也钻到了有一楼高低的机器下。

“他们怎么不干呢？”我问道。

四叔扭回头：“人家是另外一班的，这机器是我们班里用坏的。”

我给四叔帮着手：“你们班别的维修工人呢？”

四叔笑了笑：“休假的那个得罪过全班人，他回家没人愿意帮他干。”说完这些后，四叔就不再和我说话了，只让我给他递扳手、钳子和锤子，像护士给外科大夫递着各种手术器械样。四叔在那巨大的破碎机架的半空里，而我站在机架的底座上，我们叔侄就在那一片油污和一团打扑克输赢往脸上贴纸条的笑声中，干了三个半小时，直到把那可以正常运转的机器开动起来交到下一班。

而且那一次，维修把我四叔的手背刮破了，流了很多血，从机器下出来到了医务室，医生在他的手上缝了好几针。到了月底后，拆了线去会计室里领工资，结果四叔的月工资被扣了一半还要多。问说为什么？说是他们班上坏了机器没有按时修理好，误了下一班工作三个半小时，扣下一半工资还算少的了。

四叔苦笑着：“不能不扣吗？”

负责工资扣罚的一个领导看了会计室墙上的红标语。红标语的内容是“抓革命，促生产”六个字的仿宋体，看了后他又扭头示意四叔也去看一看，然后很严肃地说：“你不光误了生产，还误了革命呢。只扣工资，不让你写检讨，这已经是最轻的处罚了。”

那一天，四叔是计划领了工资带我到新乡市的公园、商店走走看看的。因为工资被扣了，我们没有去。回到宿舍时，那个回去休假探望病母的工人在门口等着我四叔。他知道四叔的工资被扣了，把他领了全薪的工资取出一半装在信封里，无论如何要把那信封丢在四叔的房间内。

四叔问：“你妈病轻没？”

那二十几岁的工人说：“还在医院里。”

四叔就坚决要把那一半工资的信封还给对方去。两个人在屋里你拉我扯，推推让让很长时间后，四叔生气了，突然说了一句话：“你以为我替你半月加班是为了你这半月工资吗？我看你不算好工人，可你对母亲孝顺，一听说母亲生病就掉泪，才让你偷偷回家的。”

因为四叔说话的声音大，近于吵嚷也近于吼，一下把那年轻工人吓着了，使他手里拿着装钱的信封僵在了半空中。

待看那工人僵着不动了，四叔又放低嗓门说："回去吧，你妈还在医院里，把这钱给你妈妈寄回去。"

事情就这样过去了。待那工人拿着工资走了后，四叔也要依着月末的时间，给老家我四婶寄钱了。因为每月寄多少、花多少、节余多少都是稳定的。为了如往日一样每月都往家里寄上那么多的钱，那个月，四叔又去借了别人的工资寄回家里去。

目睹了这样一桩事，最直接的感受是，让我知道我的四叔是怎样一个人。原来，他在我心里模糊而清晰——模糊的是我不能像了解我父亲、大伯和三叔一样了解他，因为从我记事起，他都是"工作在外"的人，要见他只能等他探亲回老家；清晰的是，因为他工作在外，回家时总是穿着干净的制服，还带回去很多我们在乡村没有的物品和食品。所以我认定，我们在家过的是"日子"，而四叔在外过的叫"生活"。

还认定，四叔是有"幸福生活"的人。

现在，在我到了四叔身边后，在我对他有了许多了解后，我不再那样简明认定了。他在我眼中的模糊没有那么模糊了，清晰也没有那么清晰了。关于日子和生活、悲苦和幸福，也都星转斗移地错位变化了。

一头沉

四叔爱喝酒。他真正幸福的时候，似乎是在工作了一天或一周后，把食堂的菜用饭盒端回宿舍里，摆在桌子上，从柜里摸出半瓶白酒来，倒进刷牙缸里一底儿，吃一口菜，端起牙缸咪一口酒的那一刻。那一刻，四叔微闭着眼，把盛酒的白瓷牙缸檐儿靠在嘴唇上，半抬头，将牙缸小心地往上推到半倒状，然后细细地吸上一口气，就在吸气时，把酒也吸进嘴里去，然后放下酒牙缸，目视着哪儿，屏气一会儿，品味着酒，也品味着劳苦、烦恼和人生，直到不能继续屏气，必须要接着呼吸时，把那酒缓缓慢慢咽进肚里去，再长长地把吸进肚里的空气舒缓悠长地吐出来。这时候，四叔浑身放松了，似乎所有的烦恼都烟消云散了，生活中真正的幸福因为喝酒也才正正真真来到他身边。

酒是高度的，白色的，便宜的，这大约是四叔喝酒的宪法与原则。日常间，来陪四叔或四叔去陪人家喝酒的，都是他们车间一同进厂的几个老工人。日子久了后，我发现那几个老工人，都是和四叔有共同身份的——都是来自乡村，而妻儿老小都还在乡村守着田土耕种的那种俗称为“一头沉”的人。这种“一头沉”，使他们回到农村被人视为“工作在外”的人，到了那所谓的“外头”，城市或城郊，又被城里人或同厂的工人们称为“农村人”。似乎要被真正称为“工人”“干部”或者“城里人”，不说你祖孙几代都必须是在城里出生的，至少你必须是夫妻两个都是城里人，都是领着工资的。不然，一个在外有工作，一个在农村守着房舍和田地，这“一头沉”就不仅是身份、地位和处境，而且还是人生、命运和尊严。“一头沉”的人，在工厂和城里是被人鄙视的，因为你是要进城摆脱身份又没有彻底摆脱的人，要到城里去争夺一种幸福又没有彻底拿到幸福的人。因为这身份的不彻底，你就必然会为了多挣那么一毛、几毛钱，把工厂最脏最累的活儿，都敞开胸怀揽在自己的心胸里、搁在肩膀上，到头来又被人耻笑你为了那丁点儿蝇头小利，连做人的脸面和尊严都不要。到了农忙的季节里，别的工人按部就班，该上班了去，该下班了回，可是你又必须牵肠挂肚，念着妻子、儿女和在家的老父与老母，牵挂着麦子该割了、土地该犁了、种子该下了。真正的城里人，在宿舍的门后或家里的墙上吊一份挂历，是为了看哪一天是星期天和节假日，以期早些安排周末的活动和休息。可你是“一头沉”，就是不吊俗艳的挂历，而在桌上摆着庄重的台历，哪怕那台历上每一页都印着唐诗和宋词，可那台历对你的最大前景与用途，还是提醒你今天“芒种”了、明天“春分”了、后天“夏至”了。到了农忙你就必须要千方百计回到农村去。不回去，妻子、父母的电报和来信，会三番五次地被投递员大唤着你的名字送到你的门口上。

“一头沉”的岁月既不是“日子”，也不是“生活”。既有日子中充足的疲惫和烦恼，又有生活中时闪时现的快乐和幸福。今天间，说起“一头沉”，仿佛是在说一个早已过时乃至死去的风俗名称般，仿佛要研究某处方言中的一个单词或名词。可在那年月，“一头沉”是全国各个城市、工厂、机关的一个群体和阶层，是一种特殊的生活方式与命运。他们最大的人生特点是，上班了兢兢业业，唯恐工作不慎丢掉自己的饭碗或身份；农忙了必须回家，回家后备受尊敬却又不得不掏力流汗，恨不得休假一个月，把一年的农活全都压缩进一个月里劳作掉。还有一点不能不说的，就是“一头沉”们在厂里下班后，可以物以类聚地邀在一块喝些酒，品尝一下在乡村无法品尝的生活的幸福和快乐。

我四叔就是这样爱上了酒。

他们厂里“一头沉”的人，似乎都喝酒，宛若不喝一些酒，就冤枉了他们的人生样。自己喝，也邀到一块儿喝。终于就在他们的喝酒中，让我发现了他们的一些生活真相——他们是些兼顾了城市、乡村双重烦恼的单身汉。因为这烦恼，就有闲便聚着，有菜即喝着。抢得了喝酒的机会，就必然会如同在车间工作样，准时到场，畅饮畅言，划拳行令，直到有个“一头沉”的工人被酒喝醉或喝倒。

好在我四叔爱喝却不是有瘾的，很少有喝得酩酊大醉、不省人事的时候。不过他爱喝，却也是果真和事实。在我到四叔身边打工的半年后，有一次，他们车间的一个工人的弟弟要结婚。因为这工人虽是“一头沉”，家里却是新乡郊区的，离水泥厂子并不远，也就很早便通知同事们那天都去参加婚礼，都到他的老家喝酒去。

四叔便早早做着准备了。为了随礼，一个月前就到市里去给人家买了一床羊绒毯。为了显着大方，半月前他把自己节约的厂里发的线手套，拆成线团到厂门口的一家商店换了有许多镂空图案的餐桌布。剩下的事，就是等到两周后的周日里，骑着自行车到几十里外参加婚礼喝酒了。

可是到了人家婚礼的那个星期天，一早儿，“一头沉”的同事们就相邀出门了，个个穿得整洁鲜华，精神焕发，把自己的或借来的自行车擦得锃光瓦亮，浩浩荡荡，仿佛是他们自己结婚样。

然而到了大队人马出发时，我四叔没有随着队伍去，他说有点事儿让同事们先走一步着。

到了上午十点时，四叔还没去。

到了十点半，四叔出来到门口看看天，这儿摸一摸，那儿站一站，仍然磨蹭在自己宿舍里。

我感到四叔有什么难事了。没有难事他不会直到那个时候还不走，因为婚礼必须是要在上午十二点以前结尾的。前往参加婚礼的人，必须要在十二点前赶到婚场上。何况四叔同他人一样，是爱喝酒、爱热闹，要从酒中讨要幸福、快乐的人。那一天，我连上了七个夜班后，正好周日的白天在家里。以为四叔迟迟不出门，是因着钱不够，我就把我一个月的工资拿去放在了四叔面前的桌子上。

四叔朝我苦笑一下子，又朝我摇了一下头。

我不解地望着四叔不说话。

四叔又朝我笑一笑，抬头看了一眼门口铁丝上挂的一件“的确良”白衬衫，轻声说：“昨夜儿洗了的，现在还没干。”

我也扭头朝外望过去，看见他的那件白衬衣和一套工作服，都风平浪静地吊在四叔用铁丝自制的衣架上。穿过那些衣服和树木，天空是阴郁的乌云和无风的寂静与沉默。从宿舍楼后传来的厂里的机器声，如滚山石样沉闷而响亮。就在这一刻，我触摸到了四叔的幸福和窘迫，仿佛看到了他人生中一扇光鲜的大门后边的杂乱样，仿佛从一处关闭的花园的没落门庭走进去，放眼看到的，是铺天盖地的荒芜和衰败。迟疑一会儿，我回到另一栋我们有三个临时工同居同室的一间屋，拿来了三年前四叔送给我的那件“的确良”的绿格儿尖领花衬衫。那衬衫的衣领已经被我穿得有些毛烂了，可它洗得干净，叠得方正，素素洁洁，如同写满故事的书。

我把那绿格儿衬衣又递给四叔时，四叔朝我笑了笑。那笑容黄瘦枯淡，如同深秋中飘在天空中的一片叶。

那一天，沉郁中四叔就是穿着三年前脱下来给了我、三年后我又洗好叠好给了他的那件衬衣去参加人家婚礼的，去喝了那场他准备了许久的喜宴酒。骑着自行车消失在门前的水泥路上时，四叔就像一粒乡村的沙土，飘来落在了人家城郊的尘埃大道上。

那一天，四叔喝醉了。

醉酒的四叔半夜回来后，忽然哇哇哇地哭，哭着反复地说着一句话：“人活着咋这样辛苦哪！人活着咋这样辛苦哪！”反复地说，仿佛是为了把一个钉子一锤一锤地砸在我心里，直到我给四叔倒了几次水，让他喝完安静在床上睡着后。到了第二天，我还睡着时，四叔却醒了。他来叫我起床和他一块到新乡市的百货大楼去，说要去给他、给我和我书成哥哥各人买一套新衣服，说豁上不过日子啦，只要看上，再贵也要买。虽然最后四叔是被我拦下没有去，但说豁上了，一定要给每个人买套新衣时，四叔脸上的笑，灿烂明快，充满信心，仿佛有一种真真切切的坚定幸福挂在他脸上。

收麦后

麦熟时，四叔回老家割了半月麦。

不知道那年他在老家是怎样辛苦的，但我觉得四叔在家的辛苦，总不如那些真正种地的人。记得往年麦天时，无论四叔能不能赶回去，我父亲和大伯，总会催着我们和大伯家的一群儿女，都先到四叔家里帮着四婶割。那时候，四叔家的孩子小，叫长科和建科的我的两个兄弟，是从几岁就开始夏进麦田、秋入禾地劳作的，割麦子、掰玉米、锄地浇水，小小年纪，无所不做，他们童年的辛苦非城里孩子能够想象的。今天，我这两个弟弟都已成家立业，为人父母，过早地明白世事并承担着许多人生的烦杂和碎琐，这自然与他们“一头沉”的家境和过早地下地劳作不无关系着。可也正因为他们从几岁就和大人样，拿着锋利的镰刀踏入麦田，让炎热的酷阳在头顶火烧火烤，宛若是烈日在暴晒一个刚能站立走动的羊羔儿，这就让我经常怀疑四叔作为一个父亲到底尽没尽到责任什么的。有一年，四叔夏天没有回去割麦子，我去替四叔家里割着时，累到腰疼间，我便怀疑四叔是个惧怕劳作辛苦的人，有意在农忙时躲着不回去。那年麦季里，弟弟长科割麦、担麦，在麦场上打麦、晒麦，十几岁干的是三十几岁的农村汉子才能干的活。更小的建科弟，割麦时被麦芒刺得浑身奇痒，到处都是被他挠下的白色和一道一道的血印儿。终于熬到割完了麦子，把麦捆儿全部集中到打麦场上时，建科弟那天忽然不见了。从早上到晚上，他没有回家吃饭，也没有到哪儿玩耍，人却不知丢到哪儿了。我们四处寻找，大声唤叫，最后在半夜时分，把他从麦场上的麦棵堆里找将出来时，他揉着眼睛说的第一句话是："我刚睡你们咋就叫我呀？"

那一年，建科弟也才十一岁或者十二岁。

在北方，夏麦天是在外的"一头沉"的工人们每年必过的一道关。在我去跟着四叔做临时工的那年夏天里，四叔如期而至地回去割麦了。又如期而至地回来后，他狠狠睡了一觉，看我也从矿石山上下来后，就让我和他一块儿去洗澡。水泥厂里有许多折损人心的不好和破败，可有一点让人意满和知足，那就是洗澡不要钱。淋浴头里的水又热又足，扭开龙头，热水会如柔软的石头一样朝你身上砸。并且龙头多，还有大池子，洗澡时从来不用抢或等。很多时候里，你走进如车间样的淋浴大堂内，会发现那儿只有你。尤其是中间的大池子，热水蒸腾，除了个别老人，很少有人去池里泡澡洗。那一天，我就和四叔在那池里泡澡洗。因为泡澡解乏气，下池时我和四叔不约而同地都深深吸了一口气，又长长地吐出来，宛若我们在那一瞬间，都同时抓到了我们等候已久的幸福生活样。那澡堂的水池有三间房子那么大，池宽最少五六米。隔着五六米的宽，我和四叔每人各一边，赤裸裸仰躺在水里，白雾淋淋的蒸气如云样把我们分开来，我看不清四叔，四叔也看不清我，然后我们大声说了谁也听得清的话。

我说："叔，今年家里麦好吗？"

"好——"四叔说，"麦子长得好，割麦时所有的人手上都磨了水泡儿。可麦天分红时，一个工才一毛二分钱。"

一毛二分钱，就是说，我从水泥厂的路边随便捡起两个破烂的牛皮纸的水泥袋，到门口的垃圾站转手卖一下，就等于农民累死累活干了一整天，尤其是三夏大忙那种整日整夜如牛如马的劳作和辛苦。盯着面前水淋淋的雾，也透过那雾看着模糊的四叔，我接了四叔的话茬说："在家种地，其实就和牛马一模样！"

四叔想了想："可在家总有农闲的时候呀，你在外边却是没有闲的时候哩。"这样掉转了话题解释着，四叔就给我谈到了到底是在外面做工好，还是在家种地好的问题上。很自然，一来二去间，四叔便总结出如果在外做工人，那要做干净、体面、轻松，又有些权力尊严的，这样你就可以找一个城里人结婚，把自己变成一个真正的“城里人”。可你要到了水泥厂、煤窑这样又脏又累的地方做工人，那就高不成、低也不就了，想找城里的姑娘结婚，人家会嫌你工种差；想找同工种的女工结婚去，可那些女工又都盯着更有身价的工人或干部。这样儿，你就不得不重回农村组织家庭了，不得不成立一个“一头沉”的家。可等你真正成了“一头沉”，那就不如索性彻底地在家种地了。

四叔的这套人生经验，似乎看来简单而粗浅，但其中的甘味和酸苦，却是没有同样经历的人不能够真正体味和理解的。在他给我说着这些时，他已经泡完澡坐在对面池沿上，趁着热水泡软浸柔了硬茧、硬皮肤，正用一个带在身边的小剪刀，轮流剪着他左右手上的大血泡。血水从他手心沿着手指流下来，经了池沿上的热水稀释后，由黑红变为鲜红，再到淡红，流至池沿下，便彻底地顺着池壁的外侧流进了水沟里。我是说着话时，要去那边给四叔搓背的，到那边就坐在四叔身边了。看着他平静的脸和每剪破一个血水泡儿都要轻轻甩几下的手，并没有真正弄明白，四叔给我说这些“外头人”和乡下人哪个更为轻松和幸福的浅显与深味。但在多年后，我当兵了，提干了，到自己找对象横下一条心要找一个城里姑娘时，我似乎明白四叔那时给我说的话，在我的人生中起了什么作用和启示。我不知道我现在的生活是应该叫“生活”，还是应该叫“日子”，可我必须承认那时我对“生活”与“日子”的理解和追求，是与四叔的人生不无关系的，哪怕对“生活”和“日子”的理解牵强附会，错误完全，可它确实曾经作为人生的信条或说粗浅的世界观，在我的青春岁月中，敷衍支撑过我狭隘的奋斗和努力。

到后来，四叔退休后，没有让他的两个儿子中的哪个去接班，而是让他的女儿素苹去新乡接班了，这个事关孩子们人生大事的决定，严重地违背着农村“男重女轻”的伦理与观念，曾经让村人千千万万个不理解，也让他的孩子们不知四叔到底为什么。可我想，四叔之所以决定这样做，正是他经历中的烦恼告诉他，人生要么彻底做农民，要么彻底设法做一个城里人，而倘若你半是农民、半是城里人时，你就既没有在农民眼中城里人的快乐与幸福，也没有城里人眼中农民的散淡和自由。而你所有的，却是城里、乡下同时共有的烦乱与不安。

说实在，我至今都不能说准确无误地明白了四叔在他的一生中，他对家庭与人生、生活与日子、乡村与都市有何样的感受和理解。但我却隐隐清晰地感觉到，四叔希望我和他的孩子们，要么彻彻底底地做一个种地的庄稼人，朝朝暮暮，都和土地打交道；要么千方百计、完完全全地做一个城里人，暮暮朝朝，都尽量少地和土地、乡村打交道。正是有着这样的意愿和设构，待岁月终于到了1977年，我已经在水泥厂的矿石山上干得和老农种地样，到了季节就下种，再到季节就收割，一天苦劳苦作，拼死拼活干上十六个小时，一口气能这样干上几十天，这让我认定了人生果真一定——就是一眼无底的枯井和黑洞时，有一天，四叔忽然到山上给我送了一份电报来。电报的内容是让我“接电速归”的话。及至怀着忐忑的心情，匆匆从山上下到城里去，和四叔一块儿到邮局，用一个多小时，接通了一个长途电话，询问家里到底出了什么事情时，方才明白 1977 年，已经不是 1976 年，更不是 1976 年前的 1975、1974、1973 年。那一年，中国的高考制度恢复了。每一个年龄偏大或年龄偏小的中国人，无论你是高中毕业、初中毕业，哪怕是小学毕业者，只要你愿意，都可以坐到考场去考你的大学与你的人生和命运。

那天下午的黄昏前，四叔匆匆给我买了火车票，并为我准备了衣物、行李和火车上要我吃的两个大苹果。粗浅算起来，我跟着四叔做临时工前后共两年，可忽然说走就走时，仿佛我是要告别生我、养我的父母般。火车是半夜的，从吃过夜饭到要去火车站，其间还有一段时间，如还有半碗没舍得喝完、温热滚烫、滋补人心的汤。工厂里吃饭早，饭后连落日都还高高悬在西天上。我和四叔与我的叔伯哥哥书成那时都沉默在屋子里。夕阳从窗里透进来，静默悄息地铺在屋里的桌上和地上。屋里的空气中，有一股潮味和洗衣粉的味，还有我们从食堂买回来没有吃完的饭菜味。那些日子中生活的气息，或说生活中日子的味道，混合绕缠，如了清浑不洁的水，把我们叔侄三个浸泡在凡世陈杂里；宛如冬日晨时的阳光，温暖着田野上寒冷冰冻了整个季节的荒树和野草，直到太阳消失在那个城市西边的楼群间。从静默中传来的火车粗犷的汽笛声，把窗棂上的玻璃和窗纸都一摇一晃时，我们知道我们该朝着那笛声走去了。我该去寻求另外一种生活，而四叔和我书成哥，该送我去奔着那种生活时，四叔起身提着行李说："该走了，回去好好考。"

我朝四叔和哥苦笑一下子："怕我考不上，我连高二都没读完呢。"

四叔说："考不上你还来这儿跟着四叔当这临时工。考上了你就能一辈子不过老家的日子，也不过四叔这种日子了。"

然后，书成哥又从四叔手里接过我的行李，我们出门了。四叔走在最后，关上门后，他又用力锁了门上的黑铁锁，"砰——"的一响，像切了我的后路，赶着我朝某一方向努力走去着。

我们就朝着那个方向走去了。

在车站

新乡的火车站，直到今天也谈不上繁华和现代。三十年前，那就更不用说什么现代繁华了。在城中心的一隅里，候车大厅如一个没有码满货物的库房样，凌乱的铁木候车椅，有的完整无缺，有的折损残破，不是断了铁制的椅腿，就是少了椅座上的靠背。我和四叔及书成哥哥在那儿坐一会儿，四叔去给我买了一包饼干，让我在车上饿了吃，然后我们就提前进站了，为的是怕我匆忙漏了车，还希望我早人一步先上去，也许能占一个座位打瞌睡。

火车站里虽然冷清空旷，宛若荒野，但铁轨却是成双成股地如麻花样在夜里扭着和摆着。每两股火车道间砌下的站台，都是水泥石礅垒制的，破损的边沿，如乡村田地陷塌了的埂。月亮是着月牙状，忘记是上弦还是下弦了，只记得它明亮朦胧，匀速走动，时而在了云后边，时而又躲着游云走在浮空里。这时候，乳白的光亮，凉爽有趣地洒在道轨上，宛若是清水浇在匀美的柳枝杨条儿上。有一股机油的味道，浓烈亲切地从那道轨线上弥上来，漫在站台上，如朝气散步在晨时的光明里。站台上的灯，月亮出来时，它就知趣地暗下来；月亮隐去时，它又晓理通达地亮起来。我们叔侄三个，站在月台中间的空荡中，借着那灯光，也借着那月色，彼此都看着，也扭头看着天空、铁轨和闲散伏卧在远处黑魆魆的几节货车厢，有一搭没一搭地说了一些啥，直到广播中唤叫着我要乘坐的那列火车马上要进站，似乎都才意识到，我要和哥哥、四叔分手了。我要去求取一桩惘然、不可能的功名利禄了。这时候，大家急起来，如同想起来，还有许多话要说、许多事要做，不说不做就仿佛再也没了时辰机缘了。哥哥提着我的行李，一再地在站台边上走来和挪去，好像他知道某一节车厢会停在哪一段、车门会在哪儿打开样，所以他要恰好准确地找到那节车厢的开门处。而四叔，什么都是经了思考准备好了的，却又像忽然因为火车要来了，才猛地想起般，从口袋中取出零零碎碎，却叠得齐齐整整的一沓儿用书纸包了的钱，慌慌忙忙朝我手里塞着说，那是一百元，让我拿回去给我父亲或母亲；说我走得急，无法去矿上结账取工资，那一百元是他给他的哥哥、嫂嫂的；说他从不到二十岁到水泥厂里做工人，二十几年月月有工资，却很少给过他的大哥、二哥一分钱；说这是他给我父母，他的哥嫂的补贴和零花；说待到了月底后，他再把我的工资全部领出来，到了年底他回家过年时，把钱如数捎回去。

我当然不能接了四叔的钱。他虽是在外有工作的人，是被我曾经看作的一个城里人，可在我跟着四叔干活的两年间，我用将近七百天的时间，感受了四叔的烦恼和苦闷、拮据和尴尬，知道了他虽是一个工作在外的人，却又是心里、手上都装着、抓着城乡的双重苦恼的，宛若一个人悬在半空左右手都抓着荆棘一样不能松开来。

不能松开来，不要说手里抓的是荆棘，就是左手右手都抓了烧红的铁，那是命运安排的，你也只能抓着去。

我明白，我不能接了四叔的钱，可我们在站台的灯光中推来让去时，四叔眼睛湿润了。别的旅客也都用力把目光朝着我们瞅。这时我的书成哥开口说话了："接着吧。四叔给你你就接着吧。"说着话，书成哥还给我递了个让我接的眼色和手势。

我便接了那一沓钱。

火车像是因为我终于接了那钱它才及时到了样，未及我把那一卷儿热乎乎的钱装进口袋去，火车便"哐哐哐"地歇在了我面前。尽管没有人跟我抢着上火车，叔和哥还是推着我的后腰和屁股，一下把我托着捧到了火车上。

火车走了时，我从一个车窗把头探出来，和叔与哥招着手，又把那包在书纸中的一沓钱扔到了四叔怀里去，并且大声唤着说：“叔——这钱你留着，星期天你和书成哥到市里好好买两套衣服穿。”

唤着话，火车渐远了。

在四叔接着那钱的一瞬间，我看见他猛地站在了一处灯光和月光的明亮里，脸上僵着的表情，像从水中捞出来拉展开来的一块深色蜡黄的布，两行线似的眼泪，雨柱样挂在他脸上。火车渐远后，我在夜里招着的手，慢慢停下来。四叔和书成哥的影子在那模糊中，越来越小，成了那个世界的两个尘粒般的点。

回乡

当然，我的人生是没有理由考上大学的。

年底四叔又回家探亲时，我低着头对他说了我没有考上大学后，四叔笑了笑，接着道："要么还跟我去厂里做工吧。"

我很坚决地说："我下年想当兵。"

后来，我果真当兵了。

进城了。

退伍了。

退伍后，因为自己热爱文学又被部队招回军营提了干，并且找了个城里姑娘成了家。结婚时我给四叔写了一封信。在四叔的回信中，四叔说了许多恭喜的话。而他反复在信中强调的，是让我"好好过日子"。说人生重要的，莫能超过"过上平静安稳的日子了"。这时是 1984 年，我对文学的热爱如同爱我的妻子般，对小家庭的眷恋也如同眷恋我的写作般。虽然发了几篇小说的习作，种下的却是成名成家、出人头地的膨胀欲望和贪念。为了在河南开封的《东京文学》上发表一篇小说，我曾经提前数天，伙同两个战友，把商丘军营花房中养起开盛的茉莉偷出来，育在我宿舍的窗台上。到了周末后，抱着那盆几十斤重的大花盆，从商丘火车站不需验票的偏门走进去，把花盆放在火车车厢的过道里，自己和列车员捉迷藏样躲着，一会儿从这节车厢走进那节车厢里，一会儿又闪进厕所躲着查票的列车员。待终于过了两个半小时，火车停在开封车站后，便匆匆抱着花盆下了车，不是严正地验票出车站，而是沿着铁路一直向前走，直到走进一片庄稼地，然后再从庄稼地里走进古都开封市，和妻子去见面，也和妻子一道抱着那盆花，送到《东京文学》的一个好友编辑家里去。

在相当长的一段时间里，因为对家庭和文学的投入和狂热，让我不去顺理思忖“乡下的日子”和“城里的生活”那问题，也不去辨析自己成家立业后，过的是“日子”还是“生活”那问题。所以，四叔写信让我完婚后“一定把日子过好”的话，我并没有深究和思虑，只把它当成了长辈的一般交代和嘱托，也没去想四叔为什么要反复强调“过好日子”的话，更没有去想，那些年四叔的生活是“生活”还是“日子”的区分和混淆。直到有一天，我出差拐回老家里，四叔突然出现在我面前，我才知道四叔退休了，知道四叔已经五十八岁了。他退休回来由女儿素苹接了班，而他自己完全从新乡回到老家赋闲在那一隅村落和院里。

这时候的四叔，五十八周岁退休在家，像一湾河水突然地掉头逆流样，让我觉得唐突到无法相信和接受。我不敢相信，原来在工厂行走生动、时常加班的四叔已经将近六十岁。不敢相信，原来满头乌发的四叔竟是满头白发了；原来说话声音洪亮、满面红光的四叔，这时说话有些了气喘，脸色也有些萎黄了。这让我想到我们这些做晚辈儿女的，总是要把父母对我们少年的疼爱无休止地拉长到青年和中年，只要父母健在，就永远把老人当作当年三四十岁的壮年去对待，永远把自己当成少不更事的孩童去享受父母给我们的心怀和疼爱，哪怕自己已经是壮年，而父母长辈们已经步入老年的行列里。因为这种疼爱河流样源远而流长，我们便以为那疼爱是可以取之不竭的；因为取之不竭，用之不尽，所以我们也并不把那爱放到心上去。许多时候，甚或把那疼爱当作累赘和包袱，当作烦琐和厌恶，想把长辈的疼爱扔掉就像扔掉长在我们背上的瘤。直到有一天，长辈老了，父母病倒了，我们才明白父母和长辈，都早已为了生活和儿女、日子和碎琐，精疲力竭，元气耗尽；而我们，也已经早就不是了少年和青年，不是了青年和壮年。

对父母和长辈生命的疏忽，如同我们常年在暗暗吮吸着父母和长辈的血液而当作可有可无的水。到了这时候，我们想起我们原是父母的儿女了，是长辈的晚辈了。父母和长辈，在此之前，他们为我们做了他们能做的一切。可我们，能做的一切却都不是为了他们呢。现在，他们年迈了，不能下田耕作了，不能到车间工作了。而陪伴他们的，只能是赋闲的无奈和一日日的衰老时，甚或从他们迎面走来的日子里，只能是疾病和死亡时，我们该明白我们的角色不光是自己儿女的父亲和母亲，不光是妻子的丈夫、丈夫的妻子，不光要为自己的事业、贪念努力和钻营，我们还应该把我们欲望中的努力拿出那么一丁点儿给他们，把我们十个指头中的二十八节指骨分出一节来，让他们使用和抚摸。应该让他们清楚地感觉到，他们这一生，是确确凿凿生过儿女、养过儿女、有着儿女的。

我们应该让他们的日子过得和生活样，让他们的生活过得确实和日子不一样。

我想到了我结婚时，四叔一再强调要我把日子过好的话。想到了四叔这一生，在日子和生活中摇摆、苦闷，甚或是挣扎的尴尬和劳累。想到他终于退休了，可以在人生中好好喘口气，就像河流上总是漂来荡去的船，终于可以靠在岸上躲风避雨地平静了，可以从那船上走下来，抽支烟或者不慌不忙地喝口小酒了。

四叔是个爱喝酒的人。他的两个儿子也都品行周正，为人敦厚，非常孝顺体贴他，孙子、孙女也都每天异常可爱地围在他身边。每月有着一笔退休金，大半生都因为“一头沉”的生活和我四婶天南地北地分居着过。退休了，终于可以团聚在一起，享受晚年的天伦之乐了，且四婶又是最能体贴四叔的。我以为四叔是终于过上平静的幸福生活了，可回去和我四叔在我家面对面坐了两个多小时，说了许多有关人生厌烦的家常话，及至谈到他的生活时，四叔的脸上怔一下，挂着僵黄的笑，用很轻的声音说："在外大半生，真回到老家觉得哪儿都还不适应。"

接着沉默一会儿，又轻声补充道："主要是觉得和谁都说不到一块儿。"

我一时不知该应和什么了，也没有理解四叔这两句话的真正想法和意含，只是在四叔走后才隐隐觉醒到，四叔这一生，他是一个在外漂泊的人。在城市，他是一个乡村人，他因为根在农村而很难真正融进城市里；在农村，他是一个城里人，他因为离开土地过久，身上的多半血液都已城市化，所以也再难真正成为一个乡村的人。他是我们这个社会城乡夹缝中的生存者。如果城市在乡村人眼中是高悬的天堂，而农村是土地上的地狱的话，他将近四十年的最好人生，都是悬在半空中。上不着天、下不着地的生活和生存，已经成为他熟悉的、不可更改的生活往复和状态，正如被挂在树梢笼子里的鸟，它在那梢上的笼里生活了将近一生后，在它年老时，你把它放出来，它既无法适应蓝天，也无法适应大地了。它所能适应的，只能是树梢上的天空和阳光，只能是随梢摆动的和风与细雨。

四叔也这样。他既非一个城里人，也非一个乡村人。他一生过的既不是城里人的生活，也不是乡村里的日子。他是居住在城市的一个乡村人，是那个城市没有身份证的长期暂居者，在城市楼群的缝隙中，过着非城非乡的生活和日子，终于有了独属于他和他那样的群体的生活和方式。他们有自己的朋友和圈子，有自己言谈的主题和意识，有自己对人生、命运、国家、民族这些巨大的无法把握的命题的解答和体会，也有他们自己对油盐酱醋和儿女情长的理喻和答辩——他们是一群离开土地，为了到城市淘金而一生都在物质上困顿、精神上颠簸、乡愁上千转百回的人，是我们这个民族中世世代代离开土地到了城市的乡愁者，也是因为乡愁的牵扯而无法真正融入他地城市的流浪者。没有乡愁的人，是我们这个民族中的幸运的人。拥有乡愁的人，对于写作是一笔财富，而对于生活和日子，却是精神的累赘和臃肿。拥有乡愁的牵扯而你不写作，那种浪费就像拥有大把粗制的金条，可自己连一个精美的戒指都没有。

当然，拥有乡愁的城里人，最幸福的是那些奋斗的成功者，达官贵人、巨贾商人，因为自己曾经出生在某一块土地上，那块土地曾经给过他无尽的辛酸和回忆。有一天，哪怕他已经多少有些年迈了，可他终于成了一个离开土地的成功者，金轿红顶，前呼后拥，无论是要回到生他养他的土地上省亲探望，重温旧事，还是人生途中最为得意的锦衣归里，叶落归根，这都是人生的一种兑现和目的，是最后辉煌演出的谢幕和返场。可是，对于我四叔，却不是这样儿。他一生平淡，过得拮据而急迫，在外工作四十年，达到的目的只是把儿女养大了，给他们盖了迅速过时的土瓦房，和许多在家种地的人一样。而有所不同的，却是那种被挤在楼群缝间的生活和方式，在成为他血液中必不可少的流动时，这种生活方式不得不被切断或者改变了——住房、卫生、医疗、街道、公交、商店，下班后的那种和老工人们相聚的谈天与说地，品茶与饮酒，还有即便一生不去却总是伸手可及的超市、大厦、电影院、白领公司和匆匆从自己身边走过的城市里谈情说爱的年轻人，及总是被父母开车接送去上学读书的孩子和车流，这些表面看来和四叔的生活没有任何关联的“他”和“物”，当四叔到了只能在心里遥想它们时，他明白了它们和他密不可分的联系了，早就融进他的生活、生命和血液之中了。尤其是在那种环境中已经成为四叔的连四叔自己也理论不清的、被生活方式养育着的人的精神和灵魂，如同一个一生都在寺庙中晨钟暮鼓的僧侣或尼姑，寺庙在时，他或她并不觉得寺庙是他或她的精神或灵魂，他们只觉得寺庙的古树旧砖就是他们的家。可是有一天，倘是寺庙突然坍塌了、不在了、被人搬走了，或是庙还在，他们被赶到了庙门外，他或她被置于了田野或几棵古树旧砖下，到这时，他们才真正明白那庙、那砖、那单调乏味的晨钟和暮鼓，不仅仅是他或她的家舍房屋和生活，而且还是他们真正的精神和灵魂。

那被搬走改变的，不仅是环境和寺庙，而且还是他们的信仰和内在。

至于为什么寺庙这样的“他”和“物”，就是僧侣、尼姑的精神和灵魂，我们说不清，连僧侣、尼姑也不一定说得清。因为佛永远都在说“佛在心中”，而不在别的“他”和“物”。可是没有了“他”和“物”，僧侣和尼姑却就是生生没有了精神和灵魂。

四叔就是这样的僧或尼。没人拆他的庙，没人搬他的寺，也没人赶着他必须离开那他在其中晨钟暮鼓了大半生的瓦舍和香场，可命运必须让他离开城市回到他似乎熟悉、一生都牵肠挂肚的土地和乡村里。然当他果真回到了他梦中牵绕的土地、村落和房舍，回到了他似乎个个都熟悉的面孔中，他才知道城市不属于他，乡村也不再属于他，连他熟悉的那些人，他也不再熟悉了。

四叔真正意识到了孤独和寂寞。

四叔一天天地感到了精神的失落和薄弱。

在今天的社会里，我们都知道，多少年来乡村热气腾腾的社会背后是寂静。农民们都不再种地了，而出门远行打工了。各家地里的庄稼都荒着，连农忙时田地里也只有稀稀疏疏的几个老人和孩子。日常间，没有出门打工的年轻人，也都到村外办了养鸡场、养猪场，住到村外养鸡或养猪。一个村落就像打过仗后军队有序撤走了的村庄或战场，哪怕一座一座浑砖到顶的新房和楼屋，也无法掩盖那村庄的没落和寂静。

村落，没了人气，就等于没有了魂灵。

村人，没了魂灵，就再也不会有人气。

四叔退休回来后，就守着这样的房舍、街道、村庄和寂静，就像一个老人守着一处荒野的陵园样。更何况，那些留在村里的老人与孩子，和他总是“没话说”，他也和那些村人没有共同关心的话题和事件。村人们不知道四叔内心真正关心什么事，四叔知道他们关心什么，可他却不关心那些事。四叔的女儿接班去了新乡水泥厂，老二孩子带着妻儿和我当年一样为生存也打工在那个水泥厂。老大一家都在村子里，可每天和别户、别人一样儿，忙着日子中的养猪和这个赔那个赚的各样生意和生存，无论多么孝顺也还是不能替代四叔的失落和寂寞，尤其无法改变四叔如同僧人因为丢了他的庙场而丢了他的精神的样。为了不让父亲寂寞和失落，四叔家的老大长科，除了每天都挤时间陪同四叔说些话、聊些天，还不断鼓励父亲去乡村娱乐的麻将桌上坐一坐。

儿子非常企望父亲能从城市回来融进乡村的那种哪怕是被人认为无聊的生活方式里。

儿子作为儿子，尽了他能尽的孝心和他能做的一切事。

我几次都和从小就善良勤快的长科说：“四叔爱喝酒，想喝就让他每天喝一点，只要不喝多。”

长科说：“是让他每天都喝点。我知道喝了酒能解他心里一些闷。”

我又说：“要出去打麻将，就让他和村人们打麻将，只要不是赌。”

长科说：“就怕他会变成天天的赌。”

四叔就这样退休落寞在老家里，终日间这里站一站，那里看一看。寂静的村街上空无他人，常常只有他一个，竖在村口就像路边的一棵无用的树。终于也就越发地和酒瓶、酒杯打交道，把自己也厘不清、说不明的人生遭际和命运安排都和酒杯念叨，都向酒瓶去倾诉。再后来，也就在没事时候把自己安顿在乡村的麻将桌子上。因为他有退休金，乡村的闲人也都愿意和他一块儿打，甚至几个人联合起来，串通游戏，只要他一领工资，就去请他打麻将，请他把工资的多半都留在麻将桌子上。有那么几个人，通过麻将的法则，总是把他的工资尔虞到了人家口袋里。

返

在四叔晚年的许多日月里，他都是陪着酒杯和麻将桌子过去的。先前我每次回家都给四叔捎上一瓶、两瓶酒，后来母亲不让我给四叔捎酒了。母亲说："你四叔喝酒喝傻了，喝了酒他就去找人家打麻将，人家在麻将桌上串通起来骗他的钱，所有的人都能看出来，只有他自己不知道。"

和我弟弟长科说起四叔有了些嗜酒如命、打麻将成瘾的事，长科马上两眼红润，说不知道爸爸为什么会变成这个样。不让他喝酒、打麻将，他觉得日子没意思，让他喝酒、打麻将，他连家里的日子都不如先前那样管顾了。

长科后悔道："早知道这样，还不如不让他去找人打麻将。"可我看出来，弟弟长科是感觉出了他爸爸内心失落的空荒和寂寞根由的。因为村里别的一些从城里叶落归根回到农村颐养天年的人，都因为发现自己并不能真正回到生他养他的乡村里，便又重新返到城里过那楼间楼下的生活了。因为着，今天的这个乡村已经不是昨日间的那一落乡村了。那些叶落归根的人，表面看还是那个少年时期离开土地的人，而在事实上，他也不再是了那个人。如同两片破镜重圆的镜子般，几十年后真的把两片镜子重归于好拼在一块儿，那镜子说到底不能再成一体了，就是在那镜子的色泽、亮度因为异地和不同的保管与收藏，也已经各自被腐蚀、氧化得不再一样了。村里别的从城市回来养老的工人或干部，都因为不能适应乡村的生活，重又搬回到城里过着适宜安然了。然而我四叔，他却不能搬回去。一方面是我四婶不愿意，另一边，他的那个水泥厂子效益并不佳，连他的工资都不能按月按时地发出来。再一说，一直接班到那厂里的我的妹妹素苹和弟弟建科，在那儿日子过得并不好。相比之下，倒是在家的长科弟，因为勤于苦干，把日子还过得相对宽裕些。

四叔只能在老家安置他的晚年和生活。

四叔似乎也只能用酒和麻将来填补他生命中因为寂寞的空荡和失落的缺憾。终于在 2007 年的国庆节，农历八月二十一日的一天里，我母亲突然来了长途电话，说让我抓紧赶回老家里，说我四叔已经不在了，因为打了麻将又去喝了酒，喝多后，回来跌倒在村口空寂无人的地沟里，摔了许多伤，引发了别的病，及至送到医院两天后，四叔就离开这个世界了。接着是我哥打来电话催我快回去，是我姐打来电话催我快回去。匆匆地收拾了行李买了火车票，到老家已是四叔离开人世的第二天，和两年前守着我大伯的灵棚样，我在路口守着四叔的灵棚、棺材和再也不会与我感叹一句命运和人生的四叔他本人，直到把四叔送进祖坟，让他与他的两个哥哥——我的大伯和父亲并排相邻地躺在一块儿。从老家要回北京时，我去看了哭得两眼红肿，因为不断磕头行礼已经磕烂膝盖的我的长科弟，长科弟和他妻子在我面前默了许久说了一句话。

他们说："爸爸退休后要能留在城市而不是回到农村就好了。"说他的生活方式因为城乡差别，几十年间已经养到了那边去，可又因为这城乡，他老了又必须改变回来时，爸爸已经不再是了年轻人，他什么都已形成了，再也改变不回了。说这第二次生活方式的改变，改变的不光是他的生活和日子，而且还改变了他的生命和命运。

说完这些时，我弟弟长科眼里已经没泪了。他显得平静而明白，仿佛关于城市和乡村、人生和命运、婚姻和爱情、生活和日子，这些农村人因为永远都身在其中反而不深思熟虑的事，他都已洞明与经历，都已经做好了应对未来和人生幻变的准备样。

墙里墙外

现在，父亲那一辈，他们亲弟兄三个都已相继地离开我们了。离开了这个世界的喧闹和烦乱，永远地告别了欢乐与苦难。在我老家有着这样一句话——“长辈年纪再大也是前面挡风的树。”这话的意思是，无论老人多么年迈多病，只要他们还活着，你都觉得自己还年轻。没有特殊的意外，死亡依照生命的顺序来召唤我们时，老人会像一片林地最前排的树木样，把来无影、去无踪，风似的死亡幽灵挡在林地外。让死亡的幽灵走不进林地里，走不到各家院落内，肆无忌惮地和别人牵扯与瓜葛。他们用他们年迈的生命和孱弱的身体，把死亡挡在林外和屋外，和死亡对话、说理、争吵和打架。他们让死亡理屈词穷了，或者下风甘拜了，那死亡就从我们身边、我们门口和属于你家的那片林地边上走掉了。反过来，死亡把老人说得理屈词穷、无言以对了，老人为了死亡不干扰下一辈的我们，他们就只能跟着死亡走去了。先走一步了。或者是，死亡要往属于你家的林地旋风一样吹来时，老人和他们抗争、打斗，最后在老人精疲力竭时，他们以他们生命中最后的力气和哀求，把死亡从门口、林边引走了，而自己也随向死亡走去了。

死亡离开林地、院落的条件是，我们的老人去了就再也不能返身折回来。老人们不能不答应这条件。因为他们已经年迈了，没有条件和死亡讨价还价、论斤计两了。他们不先走一步，也许死亡会闯进林地吹断别的花草和树木，闯进某一家的院里和屋里，去干扰别的人。

老人为了晚辈不能先走一步了，到另外一个世界躺下来，静候着他们子女随后的跟随和团聚。我父亲是在二十五年前离开我们的。大伯是走在三年前，下年的农历正月二十六，就是大伯的三周年。四叔离开我们已经一年多。三个月前的国庆那一天，满天下人都在普天同庆时，我们家族的人给四叔祭了一周年。今天想起来，父亲走得早，纯粹是为了不让死亡踏进我家门槛干扰他的妻子和儿女，才总是守在门口或者林外面，以他多病的身体守护着我们的生命和日子，直到最后才不得不离开我们而把死亡引开去。而大伯，大伯的一生都与命运争抗，为生存奋力，在他生命最后的十年里，不与生存、命运争斗了，却与死亡打打斗斗了整十年。最后，他的突然离去，我想是他以为他把死亡打败了，死亡向他妥协了，似乎死亡向他的毅力品质表示了敬意离开了，所以大伯就松懈下来了，以为看不见死亡是死亡离开他后不在了，短时间内不会再光顾他家了。这时候，死亡朝向大伯突然而至着，让大伯和我们家人都惊慌失措，猝不及防了。

大伯是死于对死亡的麻痹与大意。

而四叔，似乎既没有太多的与死亡的理论和争吵，也没有太多的如大伯一样同死亡的抗争和打斗。在四叔的骨子里，有着太多如我一样的懦弱和沉默，总爱想事情，不愿说事情；愿意做事情，不愿辩事情。因为想得多，做得多，有时候不想是因为忙于做，到了无事可做了，就永远在沉默中冥思苦想了；忖忖久思，弄不明白时，便耽于酒和麻将了。在四叔，爱喝酒，永远的不是酒徒；爱打牌，永远的不是赌徒。他是借酒与麻将在交流，在寄托，在摆脱。缘于心中永远都有没有解开的结，虽然那结子比起生命并不更为重要，可他如一棵树木把自己的生命安扎在了沙土和石头的夹缝一模样，雨阳如常时，生命也蓬蓬勃勃的，可突然遇到了风，就无力抵抗了，不得不随风倒下了。

和父亲、大伯比起来，似乎是四叔的生命更为脆弱些，因为他的心里似乎总有我们不知，而他自己也终无开解的一团结子和麻乱。而我父亲，走得那么早，他的情感又那么细腻与顺和，对日子、子女、生命是那样的留恋和热爱，可却不得不为了我们的生存，离开这世界。大伯活至八十二岁，虽然也走得仓促和不该，然回想大伯时，总是让我们对生命感到敬意和尊严。无论如何说，大伯、父亲、叔叔他们弟兄三个都去了。父亲的死，是最早在我们家族完整的围墙上打开了一个口，之后从那风口中吹过来的风，无情地把我大伯家的一双儿女——我的弟弟铁成、妹妹连云的生命之树，过早、过早地折断带走了。近三年，随着大伯和四叔的离去，我们家生命的围墙不是有了豁口，而是倒了一堵完整的墙。现在，我的堂叔和三婶还在世，但他们都已经七十多岁，而且日子对他们并不是一件轻松的事。大娘、母亲、四婶也都已经八十或者七十多，而且大娘和四婶，都是有病在身，思维、语言都已没有那么清晰了。倒是比起来，我七十多岁的母亲身体还好些，虽然几乎每天都吃药，可思维清晰得还和她年轻时候一模样。在今天，以最世俗的目光去看待我们家，父辈和大娘、母亲、三婶、四婶所幸的，皆是他们的子女多孝顺。在我们一群的同辈和孙辈中，有的孝顺得堪称旧伦传统的楷模和榜样，尽管“孝”字在今天的社会里，显得那样陈旧和浅贱，可是在农村，那依然是对生命最大的安慰和尊重。而今天我们晚辈所幸的，是三叔、三婶、大娘、四婶和我母亲都健在，让我们感到一个家族生命的围墙有一方隅倒塌了，可别的方隅还有围墙站立着，不至于使那阴冷的风会从四面八方、放肆无碍地吹过来。

可是说到底，是有一堵围墙整面地已经不在了。从那儿望出去，我们都已可以清楚地看到死亡了，可以听到死亡走来的脚步声，可以听到死亡在路上的交耳言谈和细语，可以看到死亡手持的通知和预告。这样儿，我们就不能不正面去考虑与它的答对、应酬了，不得不去考虑今后面对命运与死亡时的态度和同死亡答对、争论、打斗时的说辞和尊严。因为活着终归是要有着最后那一日；因为终归有着那一日，也才必须要认真地去考虑、安顿那些活着的事。

2008 年 12 月 12 日

于北京花乡 711 号院

图书在版编目（CIP）数据

我与父辈 / 阎连科著. — 南京：江苏凤凰文艺出版社，
2021.1
ISBN 978-7-5594-3859-1

Ⅰ. ①我… Ⅱ. ①阎… Ⅲ. ①散文集 – 中国 – 当代
Ⅳ. ①I267

中国版本图书馆CIP数据核字（2020）第258598号

我与父辈
阎连科　著

责任编辑　王　青　张　倩
特约编辑　叶　青
装帧设计　肖　雯
出版发行　江苏凤凰文艺出版社
　　　　　南京市中央路 165 号，邮编：210009
网　　址　http://www.jswenyi.com
印　　刷　三河市冀华印务有限公司
开　　本　880mm × 1230mm　1/32
印　　张　8.5
字　　数　143千字
版　　次　2021 年 1月第 1 版
印　　次　2021 年 1月第 1 次印刷
书　　号　ISBN 978-7-5594-3859-1
定　　价　45.00 元

江苏凤凰文艺版图书凡印刷、装订错误，可向出版社调换，联系电话 025-83280257